MAXIMILIAN
&THE BINGO REMATCH

★ ★ ★ ★ ★ ★ ★ ★

First Edition
10 9 8 7 6 5 4 3 2 1

Library of Congress Cataloging-in-Publication Data

Garza, Xavier.
Maximilian and the bingo rematch : a Lucha libre sequel / by Xavier Garza.
—First edition.
     pages cm
Sequel to: *Maximilian and the Mystery of the Guardian Angel: A Bilingual Lucha Libre Thriller.* Summary: Everybody is fighting in sixth-grader Maximilian's world as his elderly aunts battle for the Queen Bingo trophy, his masked uncles wrestle for the tag-team title of the world, and his sweetheart and the «new girl» battle for Max's heart.
ISBN 978-1-935955-59-7 (hardback); ISBN 978-1-935955-46-7 (alk. paper); E-Book ISBN 978-1-935955-47-4
[1. Wrestling—Fiction. 2. Dating (Social customs)—Fiction. 3. Aunts—Fiction. 4. Mexican Americans —Fiction.] I. Title.
     PZ7.G21188Max 2013
     [Fic]--dc23
                         2012043173

Thanks to Francisco Vargas—*¡el bibliotecario enmascarado!*—for his loving translation of Xavier's great sequel.
And thanks to Roni Capin Rivera-Ashford for her edit of the Spanish.
Go, technicos!

Book and cover design by Yasmin Marquez. Art direction by Sergio Gomez.
Homeboys, homegirls.

MAXIMILIAN
&THE BINGO REMATCH

★ ★ ★ ★ ★ ★ ★

Written and Illustrated
By Xavier Garza

CINCO PUNTOS PRESS
El Paso ★ Texas

1
QUEEN BINGO
LA REINA DE LA LOTERÍA

"Bingo! I have bingo," screams my tía Dolores.

"No! I'm the one that has bingo," my tía Socorro yells back.

We're at the church fundraiser. My two aunts have just scored bingo on their respective lotería cards. They are more than ready to settle their dispute by coming to blows. It's sure to be a no-holds-barred brawl, the likes of which we haven't seen since this past summer's titanic battle between lucha libre legends Vampire Velasquez and the Guardian Angel.

—¡Lotería! Lotería! —grita mi tía Dolores.

—No es cierto, yo soy la ganadora —responde mi tía Socorro.

Estamos en una kermés de la iglesia. Mis dos tías acaban de llenar sus cartas de lotería y están más que dispuestas a darse de golpes para resolver el conflicto. No cabe duda que sería la pelea del año, de las que no se han visto desde el verano pasado cuando los dos gigantes de la lucha libre, El Murciélago Velásquez y El Ángel de la Guarda tuvieron su encuentro en esa batalla épica.

"She's your sister," my mother Braulia reminds tía Socorro.

"Don't try and stop me, Braulia," tía Socorro warns. "Dolores has had it coming for years!"

"Let her go, Braulia," insists tía Dolores. She is itching for a fight. "I'm ready for her!"

"Fight! Fight! Fight!" my little brother Robert begins to chant.

"Quiet down, Roberto!" My mother shoots Little Robert a scornful glance.

Tía Socorro claims her bingo diagonally while tía Dolores claimed hers horizontally. Adding to the controversy is an echoing dispute among the rest of the bingo players: Exactly which of my two aunts actually called out bingo first?

"Socorro won," cries out one lady. "She is the winner!"

"You're crazy," says another. "Dolores clearly called out bingo first!"

"No she didn't!"

"Yes she did!"

"No she didn't!"

"Yes she did!"

"Socorro!"

"Dolores!"

"Socorro!"

"Dolores!"

—¿Qué no ves que es tu hermana? —mi mamá Braulia le reclamó a mi tía Socorro.

—¡Ni se te ocurra detenerme, Braulia! —le advirtió tía Socorro—. Dolores ya sabía que a ella le tocaba.

—Deja que se vaya Braulia —insiste tía Dolores. Ella tiene muchas ganas de pelear—. Yo estoy lista.

—¡Pelea!, ¡Pelea!, ¡Pelea! —mi hermanito Roberto comienza a gritar.

—¡Cállese, Roberto! —Mi madre le echa una mirada de desprecio a mi hermanito Roberto.

Tía Socorro jura que llenó la tarjeta de lotería diagonalmente mientras que tía Dolores dice que la suya es horizontal. Añadiéndole al conflicto, los demás jugadores no están de acuerdo respecto a quién de las dos anunció lotería primero.

—Ganó Socorro —asegura una señora—. ¡Ella es la ganadora!

—Estás pero bien loca —dice otra—. ¡Dolores anunció lotería primero!

—¡No es cierto!

—¡Sí es cierto!

—¡No lo es!

—¡Sí lo es!

—¡Socorro!

—¡Dolores!

—¡Socorro!

—¡Dolores!

After much yelling and finger pointing, it is agreed that the final decision should fall squarely on the shoulders of our local parish priest, Father Martinez. The bingo players fix their eyes on the priest as he carefully looks over my aunts' playing cards. He gestures for me to come forward. I hesitate. The last thing I need to do is get involved in my aunts' ongoing feud.

"Max here is nephew to both of these women," asserts Father Martinez. "As such, he will be impartial in verifying the playing cards that are in question. Please call out the images on the cards that are covered with raw pinto beans, Max. Do it loudly and clearly for all to hear. Let there be no doubt."

"La muerte—the grim reaper."

"La chalupa—the lady in the boat."

"El catrín—the dandy."

"El diablo—the devil."

"It's a definite bingo for my tía Socorro," I say very quietly.

"I knew it," declares tía Socorro triumphantly. "Max isn't lying. He knows the better aunt won."

Father Martinez gestures for me to turn my attention to the playing card held by my tía Dolores.

"La dama—the lady."

"El nopal—the cactus."

"La campana—the bell."

"El diablo—the devil."

Después de muchos gritos, y de acusarse unos a los otros, llegan a un acuerdo que la decisión debe caer en las manos del Padre Martínez. Todos los participantes de lotería se le quedaron viendo al Padre mientras que él revisaba cuidadosamente las tarjetas de mis tías. El padre me señala que me acerque. Yo me detengo. Lo último que me faltaba era meterme en los problemas de mis tías.

—Max es el sobrino de estas dos señoras —afirma el Padre Martínez—. Como tal, él será imparcial en verificar las cartas que están en duda. Max haz el favor de leer en voz alta todas las cartas que traen un frijol encima. Dilo con ganas, en voz alta y con claridad para que no quede ninguna duda.

—La muerte.

—La chalupa.

—El catrín.

—El diablo.

—De seguro es lotería para mi tía Socorro —digo en voz baja.

—Lo sabía —declara victoriosamente mi tía Socorro—. Mi Max no mentiría. Él sabe que la mejor tía ganó.

El padre Martínez hace un gesto para que me fije en las cartas de mi tía Dolores.

—La dama.

—El nopal.

—La campana.

—El diablo.

"Well, it's a definite bingo for my tía Dolores as well."

"Yes," shrieks tía Dolores. "Tell Socorro that I won, Max. You tell her right now!"

"You both won." What else could I say? I wasn't sure who had called out bingo first, and both of them held winning bingo cards.

"That being the case, the game has ended in a tie," declares Father Martinez.

"A tie?" says tía Dolores. "It's unheard of for a bingo game to end in a tie!"

"Tie breaker! Tie breaker! I demand a tie breaker," screams tía Socorro.

"Yes, let's decide a winner by sudden death," adds tía Dolores. She places major emphases on the word **DEATH.**

"No tie breaker, and no sudden death," says Father Martinez. "The game has ended in a tie and that is final. You both won!"

My aunts shoot me disapproving stares. I cringe.

"What about the trophy?" says tía Dolores?

Yes indeed, what about the trophy? The Queen Bingo trophy is in reality nothing more than an old tin cup-shaped trophy Father Martinez won as a boy back in elementary school. He had the old plaque removed and replaced with a new one that reads: **QUEEN BINGO**.

—Pues de seguro también que es lotería para mi tía Dolores.

—¡Ya vez! —celebra mi tía Dolores—. Dile a Socorro que yo gané, Max. ¡Dile inmediatamente!

—Las dos ganaron. —¿Qué más podía decir? No estaba seguro quién realmente fue la primera en anunciar lotería y las dos tenían cartas ganadoras.

—Siendo ese el caso, este juego ha terminado en un empate —declara el Padre Martínez.

—¿Un empate? —repite mi tía Dolores—. ¡Nunca se había escuchado que un juego de lotería termine en un empate!

—¡Desempate! ¡Desempate! Yo exijo un desempate —grita mi tía Socorro.

—¡Está bueno! Vamos a decidir la ganadora por muerte súbita de una vez por todas —añade tía Dolores, enfocándose en la palabra **MUERTE**.

—Ni desempate ni muerte súbita —dice el Padre Martínez—. El juego se acabó y terminó empatado y esa es la última palabra. ¡Las dos ganaron!

Mis tías me echaban unas miradas de desprecio.

—¿Y el trofeo? —preguntó mi tía Dolores.

Si es cierto, ¿cómo la vamos a hacer con el trofeo? El trofeo de la Reina de la Lotería no es nada más que una taza vieja de lata en forma de trofeo. De hecho el mismísimo Padre Martínez se ganó este trofeo cuando era chamaco. Él reemplazó la placa con una nueva que dice: **REINA DE LA LOTERÍA**

"We can't split the trophy in two now, can we?" asks tía Socorro.

"You will have to share the trophy," says Father Martinez.

"What? That's insane!" declares tía Dolores.

"Me share with her?" says tía Socorro. "Unacceptable!"

Share the trophy? Has Father Martinez lost his mind? Does he honestly expect my aunts to share? He might as well be asking the Guardian Angel to unmask and reveal his secret identity to the whole world. It just isn't going to happen!

★ Pues ni modo, no se puede partir el trofeo en dos, ¿verdad? —preguntó tía Socorro.

—Van a tener que compartir el trofeo —dijo el Padre Martínez.

—¿Cómo? ¡Eso es una locura! —declaró mi tía Dolores.

—¿Yo voy a tener que compartir con ésta? —dijo mi tía Socorro—. Ni en sueños.

¿Compartir el trofeo? ¡De veras que el Padre Martínez ha perdido la cabeza! Debe de estar bromeando si piensa que mis tías van a compartir ese trofeo. Es como si le pidieran al Ángel de La Guarda que revele su identidad secreta y se desenmascararía en frente de todo mundo. ¡Y eso nunca va a suceder!

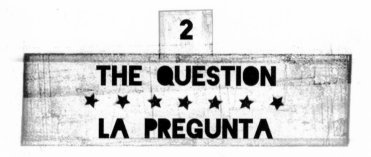

2
THE QUESTION
★ ★ ★ ★ ★ ★ ★
LA PREGUNTA

"Being in junior high stinks," says my best friend Leo. "I want to go back to elementary."

"I know what you mean." I share Leo's sense of frustration. Sixth grade, we quickly learned, wasn't all we thought it would be. In elementary school, life was so much simpler. We had one teacher for most of our classes. But at junior high we have a different teacher for every subject. We have Mr. Martinez for English. We have Miss Rendon for math. We have Mr. Muñoz for history. All in all we have eight teachers to deal with each and every day. What's even worse, they all assign homework as if their class was the only one we had to worry about.

—No me cae para nada estar en la escuela intermedia —dice mi mejor amigo Leo—. Yo quisiera regresar a la primaria.

—Ya sé. —Entiendo muy bien la frustración de Leo. El sexto grado no es lo que esperábamos. En la escuela primaria todo era mucho más sencillo. Teníamos la misma maestra para casi todas las clases. Pero ahora tenemos diferentes maestros para cada clase. Tenemos al Señor Martínez en la clase de inglés. La maestra Rendón es para las matemáticas. El maestro Muñoz nos da la clase de historia. De hecho, tenemos un total de ocho maestros con quien lidiar cada día. Lo peor es que nos dan tareas como si sólo tuviéramos su clase.

"Work, work, work," I tell Leo. "That's all we ever do around here. We don't even get recess."

"If it wasn't for art class, I would lose my mind," says Leo. "Eighth grade boys are mean too."

It's true. Eighth grade boys *are* mean. They live to pick on the new kids. Eighth graders rule the roost around here. Sixth graders are at the bottom of the pecking order. At times like this, I wish I was tall and strong like my tío Rodolfo—the Guardian Angel. I bet no eighth graders ever pushed the Guardian Angel around when he was in sixth grade. I smile at the idea of my great uncle as a sixth grader delivering his finishing maneuver—the Hand of God—to an eighth grader in the middle of the hallway.

"Eighth graders are not that bad." Even before I turn to look, I know that the voice belongs to the girl of my dreams, Cecilia Cantú.

"Besides, your sister Rita is an eighth grader too."

"She's the worst one," I tell her. While my sister Rita has not yet teased me at school, she hasn't come to my defense either. She just turns a blind eye when she sees her younger brother being tormented by her fellow eighth graders.

"You're exaggerating, Max. Rita is not *that* bad," says Cecilia.

"You don't know Rita like I do, Cecilia."

—Tareas, tareas, tareas —le digo a Leo—. Es todo lo que hacemos aquí, ni siquiera tenemos recreo.

—Si no fuera por la clase de arte, me volvería loco —dice Leo—. Los chicos del octavo grado son muy malos también.

Es cierto. Los chicos del octavo grado son muy malos. Sólo se la llevan haciéndole daño a los nuevos estudiantes. Ellos mandan en la escuela. Los de sexto grado son los más bajos en la jerarquía. En momentos como estos quisiera ser tan grande y fuerte como mi tío Rodolfo—El Ángel de la Guarda. Te apuesto que ningún chico del octavo grado empujó al Ángel de la Guarda cuando él estaba en el sexto grado. Me sonrío al imaginarme a mi tío como un escuincle de sexto grado ejecutando su maniobra final "La mano de Dios" a uno de esos enfadosos del octavo en medio del pasillo.

—No son tan malos así. —Antes de darme la vuelta ya sé que esa es la voz de la jovencita de mis sueños, Cecilia Cantú.

—Además, tu hermana Rita también está en el octavo grado.

—Ella es la peor de todas —le digo. Aunque mi hermana Rita todavía no me tormenta en la escuela, tampoco me ha defendido. Sólo se hace la ciega cuando ve que sus amigos me andan atormentando.

—Estás exagerando, Max. Rita no es tan mala —dice Cecilia.

—Tú no la conoces como yo, Cecilia.

"We best be getting to class," Leo reminds me.

"I'll catch up," I tell him. "I have to ask Cecilia something."

"Are you going to ask her?" Leo whispers.

"*Shhh!*"

"Well, are you?"

"Yes," I tell him. "Just go away."

"Don't be late," warns Leo. "Mr. Muñoz said that if you're tardy to his class one more time he is going to give you after-school detention."

"I heard about your aunts getting into a fight at the bingo game," says Cecilia as we start walking away from Leo.

"Don't remind me," I tell her. I love both of my aunts, but their constant fighting is both tiring and even embarrassing at times. Nobody knows what started their bitter feud. If the truth be told, they probably don't even remember themselves.

"So, Max, what do you need to talk to me about?"

"Well, as you know the sixth-grade Halloween dance is coming up soon."

"Yes," says Cecilia. "It's exciting, isn't it?"

Technically speaking, I haven't asked Cecilia to be my girlfriend yet. *I know, I know. What in the world am I waiting for, right?* I have come close to asking her a few times, but no dice. Every time I open my mouth to speak, I chicken out. Leo warns me that if I wait too long, she'll lose interest in me.

—Es mejor que lleguemos a clase pronto —Leo nos recuerda.

—Ya pronto te alcanzo —le digo—. Le tengo que preguntar algo a Cecilia.

—¿A poco le vas a preguntar? —murmura Leo.

—¡Shhh!

—Pues dime.

—Sí —le digo—. Pero ya lárgate.

—No llegues tarde —me advierte Leo—. El profe Muñoz dijo que si llegabas tarde una vez más, te va a castigar después de la escuela.

—Me contaron que tus tías se pelearon en el juego de lotería —me dice Cecilia mientras nos alejamos de Leo.

—Ni me recuerdes —le digo. Las quiero a las dos, pero sus constantes peleas me traen enfadado y a veces hasta me siento avergonzado. Nadie sabe por qué se tienen tanto coraje. La mera verdad es que ni ellas mismas se acuerdan por qué están de pleito.

—Bueno, Max, ¿de qué me querías platicar?

—Ah pues, es que ya viene el baile de Halloween.

—Sí, —dice Cecilia—. ¿Va a estar padre, verdad que sí?

Técnicamente, no le he preguntado a Cecilia que sea mi novia todavía. "Ya sé, ya sé. ¿Qué estoy esperando, qué no?" He estado muy cerca de preguntarle algunas veces, pero no me he atrevido. Cada vez que trato de abrir la boca, me detengo. Leo ya me avisó que si me espero mucho, ella va a perder interés en mí.

"I was wondering if, if, if..." *There goes that stuttering thing again. Get it together, Max!* "I was wondering if you had a date to the...to the...to the dance yet."

"Leroy Martinez asked me."

"He did?" *Darn! Leo was right. I had waited too long!*

"But I haven't said yes...yet."

BINGO!

"If you don't go with Leroy, I was wondering if...if...if..." *Get it together, Max! It's now or never.* "I was wondering if maybe you would like to go with me instead." *There, I said it!*

"What took you so long?"

"Excuse me?"

"What took you so long to ask me," she says with a grin on her face. "I was going to give you just till the end of today to ask me."

Was that a yes?

"Yes, Max, I would love to go to the dance with you."

Yes! I have a date to the dance with the girl of my dreams!

"What costume are you going to wear," I ask her.

"I'm going to be a vampire queen," she says. She bares her teeth at me as if she were showing off a pair of scary fangs.

"A vampire queen?" I ask. "You mean like in the Guardian Angel movies?" *Way cool!*

"How about you?"

—Yo estaba pensando si, si, si... —"Entonces empiezo a tartamudear otra vez. ¡Cálmate, Max—!" Quería saber si ya tienes pareja para ir...a la...fiesta.

—Ya me invitó Leroy Martínez.

—¿De veras? —¡Chin! Leo tenía toda la razón. ¡Me esperé mucho tiempo!

—Pero no le he respondido...todavía.

¡LOTERIA!

—Si no vas a ir con Leroy, quisiera saber si...si...si... —"¡Cálmate, Max! Es ahora o nunca—". Estaba pensando si tal vez quisieras ir conmigo. —"¡Ahí está, lo dije!"

—¿Por qué te tardaste tanto?

—¿Cómo?

—¿Por qué te tardaste tanto en preguntarme? —lo dice con una sonrisa—. Sólo iba a esperar hasta hoy a que me preguntarás.

"¿Me está diciendo que sí?"

—Sí, Max, me encantaría ir contigo al baile.

"¡Yes! ¡Tengo a la jovencita de mis sueños como mi pareja para el baile!"

—¿Qué disfraz te vas a poner? —le pregunto.

—Voy a ir como la Reina de los Vampiros —me dice. Hace una mueca pelando un par de colmillos espantosos.

—¿La reina de los vampiros? —le pregunto—. ¿Cómo la de las películas de Ángel de la Guarda? —"¡Qué padre!"

—¿Y tú?

"The Guardian Angel," I tell her.

"I knew it!"

She knows me so well. Tío Rodolfo had a mask and cape made especially for me. He told me it was made by the same person that makes all of his own Guardian Angel masks and capes.

"This is so exciting," says Cecilia. "I love to dance!"

That's when it hits me. I can't dance! I have never danced a single time in my life.

"What's wrong?" I can already see Cecilia's forehead beginning to crease. She suspects something is up.

"Nothing," I tell her. "I just remembered that I need to get to class before the tardy bell rings."

As we reach Cecilia's classroom, I say a quick goodbye and take off running to history class. *What am I going to do? I need to learn how to dance, and fast! I need help.* That's when it comes to me. There's only one person who can help me now. *No way! I won't do it!* What self-respecting brother wants to learn how to dance from his...sister? *Not me, that's for sure!* But as much as it pains me to admit it, I need Rita. *What have you gotten yourself into, Max?* I beat the tardy bell to history class with one second to spare.

—El Ángel de la Guarda —le digo.

—¡Lo sabía!

Ella me conoce tan bien. Mi tío Rodolfo mandó a hacer una capa y máscara especialmente para mí. Me dijo que fueron hechas por la misma persona que hace todas sus máscaras de Ángel de la Guarda.

—Ésto es bien emocionante —dice Cecilia—. ¡Me encanta bailar!

Ahí es cuando me pega. ¡Yo no sé bailar! Nunca en mi vida he bailado.

—¿Qué tienes? —Puedo ver que Cecilia frunce la frente. Ella sospecha que algo anda mal.

—Nada —le digo—. Solamente me acabo de acordar que tengo que llegar a mi clase antes de que suene la campana.

Cuando llegamos al salón de Cecilia, me despido rápidamente y me echo a correr a mi clase de historia. "¿Qué voy hacer? ¡Necesito aprender a bailar, y rápido! Necesito alguien que me ayude." Entonces me acuerdo. Solamente hay una persona que me puede ayudar. "¡De ninguna manera! ¡No lo voy a hacer!" ¿Cuál hermano que es respetado puede aprender a bailar con su...hermana? "¡Yo no, de eso estoy más que seguro!" Pero por más que me duela, sé que necesito a Rita. "¿En qué líos te has metido, Max?" Llego a mi clase de historia con un segundo de sobra, antes de que suene la campana.

3
AT MY SISTER'S MERCY
★ ★ ★ ★ ★ ★ ★
A LA MERCED DE MI HERMANA

"You want me to teach you how to dance?"

"Yes."

My sister Rita sits on her bed giving me a cold and indifferent stare. I am completely at her mercy, and she knows it. She looks at me as if I were an insignificant gnat, not even worthy of her attention.

"After ruining my birthday party last summer, you have the nerve to ask me to teach you how to dance?"

—¿Tú quieres que yo te enseñe a bailar?

—Sí.

Mi hermana Rita está sentada en su cama echándome una mirada fría y llena de indiferencia. Estoy completamente a su merced, y ella lo sabe. Ella me mira como si fuera cualquier mosca insignificante, ni siquiera digno de su atención.

—Después de arruinar mi fiesta de cumpleaños el verano pasado, ¿eres tan descarada como para pedirme que te enseñe a bailar?

"I need your help."

"You could ask Mom."

"No I can't."

"Why not?"

"You know perfectly well that our mom can't dance."

If you were to ask our mom, she would tell you that she is an excellent dancer. Suffice it to say that there's a reason my dad wears steel toe boots whenever he takes Mom to any function that will require dancing on their part.

I have to admit that Rita is a great dancer. She is the top student in Mrs. Miller's dance class.

Me, though? I inherited my mother's lack of rhythm.

"What's in it for me?" asks Rita.

"What do you want?"

My sister Rita stands up and paces the room. She looks at me like a cat would its prey. She rubs her chin, trying to figure out just how much she can charge for the pound of flesh she will demand. After a minute, she comes to an abrupt stop. She smiles. Whatever price she has decided on, it's going to be steep, I can tell. Rita clears her throat.

"I'll do it, but in exchange I want vindication."

"I don't even know what that word means." Already I don't like this one bit.

—Necesito tu ayuda.

—Pregúntale a mamá.

—No puedo.

—¿Por qué no?

—Tú sabes perfectamente que ella no sabe bailar.

Pero si le preguntas a nuestra mamá, ella te diría que es una excelente bailadora. Pero si fuera cierto, por qué entonces Papá se pone botas con punta de acero cuando salen a cualquier función que requiere que bailen.

Tengo que admitir que Rita es una muy buena para bailar. Es la mejor estudiante en la clase de baile de la maestra Miller.

Yo, mientras tanto, heredé la falta de ritmo de mi mamá.

—¿Qué voy a sacar con enseñarte? —pregunta Rita.

—Pues ¿qué quieres?

Mi hermana se levanta y anda por todo el cuarto. Me mira así como una gata le pone ojo a su presa. Se rasca la quijada, tratando de calcular cuánto va a cobrar por cada libra de mí que va a instruir. Después de un minuto, de repente se detiene. Se sonríe. No importa la tarifa que haya decidido, se me figura que me va a cobrar muy caro. Rita aclara su garganta.

—Lo haré, pero a cambio quiero vindicación.

—Ni siquiera sé lo que quiere decir esa palabra. —No me gusta esto para nada.

"It means to be cleared of all blame after being falsely accused. I want to be exonerated of a crime I did not commit. Clear my name and you got yourself a deal."

"Exonerated? Clear your name? I don't know what you're talking about."

"The crime of murder," she says dramatically. "I want to be cleared of the crime of murder!"

"What murder? What are you talking about, Rita?"

"You know exactly what I'm talking about," says Rita. "You and I both know what you did."

"What did I do?"

"You killed la Piggy!"

LA PIGGY. Now there's a name I wish I never had to hear again. "It was an accident!"

"Accident or not, you let me take the rap for it. You framed me!"

"I'm sorry."

"*I'm sorry* won't clear my name, will it?"

"So what do you want me to do?"

"They say confession is good for the soul, Max. I want you to confess."

"Confess?"

"I want you to tell Mom everything!"

"But Mom will kill me!"

"That's my price," says Rita. "Take it or leave it."

—Quiere decir que me vas a perdonar por toda la culpa que me echaste de algo que no hice. Me juzgaste falsamente, sin saber. Quiero ser exonerada de un crimen que no cometí. Limpia mi reputación y tienes un trato.

—¿Exonerada? ¿Limpiar tu reputación? No sé de qué estás hablando.

—Sí, el crimen de asesinato —ella responde dramáticamente—. ¡Quiero ser exonerada del crimen de asesinato!

—¿Qué asesinato? ¿De qué estás hablando, Rita?

—Tú sabes perfectamente bien a qué me estoy refiriendo —dice Rita—. Tú y yo sabemos muy bien lo que hiciste.

—¿Pues qué hice?

—¡Tú mataste a la Piggy!

LA PIGGY. Es un nombre que quisiera olvidar para siempre. —¡Fue un accidente!

—Accidente o no, tú dejaste que me echaran toda la culpa. ¡Tú me tendiste una trampa!

—Lo siento.

—Esas disculpas no van a limpiar mi reputación.

—¿Entonces qué quieres que haga?

—Dicen que confesarse es muy bueno para el alma, Max. Quiero que te confieses.

—¿Confesarme?

—¡Quiero que le cuentes todita la verdad a mamá!

—Pero ella nunca me va a perdonar.

—Ese es mi precio —dice Rita—. Tómalo o déjalo.

THE STORY OF LA PIGGY
THREE YEARS EARLIER

★ ★ ★ ★ ★ ★ ★

LA HISTORIA DE LA PIGGY
TRES AÑOS ANTES

I watch as the ceramic bank cast in the form of a pig slips from my fingers and plummets down to the floor below.

SMASH!

It shatters upon impact—dimes, nickels and quarters litter my mother's bedroom floor.

What have you done, Max?, I ask myself—as if I didn't already know. I have just broken la Piggy! Hand-painted pink flowers had adorned la Piggy's huge, round rear end, and a small pink ribbon had been tied to its spit curl of a ceramic tail.

Estoy mirando como la pieza de cerámica, en forma de marrano, se resbala de mis dedos y cae sobre el piso.

¡ZAS!

Se destroza completamente al caer al piso—monedas de diez, cinco y veinticinco centavos se derraman por el piso de la recámara de mi mamá.

"¿Qué hiciste Max?" Me pregunto yo mismo—como si no supiera lo que acabo de hacer. ¡Acabo de hacer pedazos a la Piggy! Adornada a mano con flores rositas que cubrían su trasero redondo y gigante, y con un pequeño listón rosita en su cola de cerámica.

Her name—la Piggy—had been painted boldly across her chest with red nail polish. The ceramic piggy bank had been a childhood gift to my mother from my late great-grandma Lydia.

How could everything go so wrong? My original idea had been so simple. I brought a kitchen chair into my mother's bedroom. I got on the chair so I could climb up to the shelf where la Piggy was hidden. Once she was in my hot little hands, I turned her upside down and shook that fat little pig until money began to trickle out. A quarter appeared, but slowly. It was followed by two dimes and a nickel. I was going to use the money to buy a Guardian Angel lucha libre action figure at the Lucky Corner convenience store. But a sudden case of butterfingers sent the little oinker plummeting down to its horrific death.

I need to get out of here quick! I thought. If I don't, I'm going to get caught red-handed at the scene of the crime. I jump off the chair and head for the door.

"Max, what have you done?"

It's too late! My older sister Rita is a witness to the crime! She catches sight of the broken remains of la Piggy. A smile forms across her lips. *Oh no!* Panic-stricken, I push her aside and take off running in the direction of the kitchen. I hide under the table as if it were a fortress that would somehow save me from my mother.

Su nombre—la Piggy—había sido pintado en letras grandes a lo largo de su cuerpo, con esmalte rojo. Esta alcancía de cerámica había sido un regalo de mi mamá en su niñez de mi difunta tatabuela, Lydia.

¿Cómo pudo todo salir tan mal? Mi idea original fue tan sencilla. Había traído una silla de la cocina al cuarto de mi mamá. La silla era para treparme y alcanzar el estante donde estaba escondida la Piggy. Ya que la tenía en mis manos sudadas, la empecé a sacudir boca abajo y de ella empezaron a caer monedas. Una de veinticinco, y al rato salieron dos monedas de diez y una de cinco centavos. Tenía planeado comprar con ese dinero una estatua del Ángel de la Guarda en la tienda Lucky Corner. Pero mis manos sudadas dejaron caer el pequeño marrano a su inevitable y horrible muerte.

"¡Tengo que escapar de aquí pero rápido!" Pensé. Si no, me van a hallar con las manos en la masa. Me brinqué de la silla rumbo hacia la puerta.

—¿Qué has hecho, Max?

"¡Era muy tarde!" ¡Mi hermana mayor Rita fue testigo del crimen! Al ver los pedazos desparramados de la Piggy, le sale una sonrisa en su rostro. "¡Ay no!" Del pánico, la empujo a un lado y salgo como un relámpago hacia la cocina. Me escondo debajo de la mesa como si fuera una fortaleza que me pudiera salvar de mi mamá.

"Mom, come quickly!" I hear Rita screaming at the top of her lungs. My snitch of a sister is really doing it. She's turning me in!

"Rita, what's wrong?" My mother has come running.

"LA PIGGY!!" My mother's cry is bloodcurdling!

"It was Max!" Rita says, but my mother cuts her off abruptly in mid-sentence.

"Rita! How could you!"

Wow! Rita's standing next to the broken piggy bank links her in our mother's eyes to the crime!

"It wasn't me," Rita cries out. She is desperate to clear her name, but our mom won't hear a word of it. She only knows what she sees. That's when I get an idea, but I will have to act quickly if it's going to work. I crawl out from under the kitchen table and run towards my mother's bedroom.

"Why is everybody yelling?" I ask. *As if I didn't already know.* I act like I'm so surprised. "Who broke la Piggy?" My eyes scan the room for someone to blame. They narrow in on my sister Rita. "Did you break la Piggy?"

Rita stares at me in disbelief. I framed her perfectly. There's no way that our mother will ever believe that I broke la Piggy. All Rita can do now is make a run for it, but she doesn't even make it out of the bedroom before our mother's right hand grabs hold of Rita's left ear and tugs on it so hard that, for a minute, it seems to go elastic. Mom starts spanking Rita.

—¡Mamá, ven rápido! —Oigo a Rita gritar con todas sus ganas. ¡Mi hermana es una mitotera y me va a descubrir!

—¿Qué está pasando Rita? —Mi mamá llega corriendo.

—¡¡LA PIGGY!! —¡El grito que pega mi mamá es azorante!

—¡Fue Max! —dice Rita, pero mi mamá la interrumpe antes de que termina.

—¡Rita! ¡Cómo pudiste hacer esto!

¡Híjole! ¡El estar parada al lado de los pedazos de la alcancía la involucra al crimen según mi mamá!

—No fui yo —reclama Rita. Está desesperada por aclarar la situación, pero mi mamá no la está escuchando. Nomás se fija en lo que ve. En ese instante me viene una idea, pero tengo que actuar rápidamente si quiero tener buenos resultados. Salgo desde abajo de la mesa en la cocina y corro hacia el cuarto de mi mamá.

—¿Por qué están gritando todos? —les pregunto. "Como si no supiera de nada." Actúo completamente sorprendido—. ¿Quién rompió la Piggy? —Miro alrededor del cuarto buscando al culpable. Me fijo justamente en mi hermana Rita—. ¿Fuiste tú la que rompió la Piggy?

Rita se me queda mirando, incrédula. Le tendí la trampa perfecta. Es imposible que mamá crea que fui yo el que rompió la Piggy. Lo único que Rita puede hacer ahora es huirse, pero no alcanza llegar a su cuarto antes de que mamá la agarra de la oreja izquierda, con su brazo derecho, y le echa un jalón tan fuerte que por un momento parece que su oreja se hace de plastilina. Mamá también le pone unas nalgadas a Rita.

"This one's for stealing from your own mother!"

SPANK!

"This one's for breaking la Piggy!"

SPANK!

I can feel guilt bubbling up inside of me. *Is this what my hero the Guardian Angel would do? Would he allow an innocent to be punished?* But—any desire to confess is outweighed by the fear of suffering the same fate as Rita.

"And this one's for accusing your poor brother Maximilian of breaking it. He didn't even know what happened!"

SPANK!

—¡Esta es por robar de tu propia madre!

¡BAM!

—¡Esta es por romper la Piggy!

¡BAM!

Siento un remordimiento por todo mi cuerpo. "¿Es esto lo que hubiera hecho mi héroe el Ángel de la Guarda? ¿Hubiera dejado que un inocente fuera castigado?" Pero—cualquier deseo de confesar se me borra por temor de sufrir las mismas consecuencias que Rita.

—Y esta es por acusar a tu pobre hermano Maximiliano de romper la Piggy. ¡Él ni siquiera sabía lo que había pasado!

¡BAM!

5
THE LONG LOST TWIN
LAS GEMELAS PERDIDAS

I think that I'm seeing a ghost! Standing on one of the shelves at the Lucky Corner convenience store is la Piggy's twin sister! She might be covered in dust and not have her name written across her chest with red nail polish, but she is the spitting image of the original.

"How much for the piggy bank?" I ask Mr. Chapa who is stacking soup cans on the opposite shelf.

"What piggy bank?" he wants to know.

"The one on the top shelf."

¡Me parece que estoy viendo fantasmas! ¡Ahí en uno de los estantes de la tienda Lucky Corner está la hermana gemela de la Piggy! Está cubierta de polvo y no tiene el nombre escrito en esmalte rojo a lo largo de su cuerpo, pero es una réplica exacta de la original.

—¿Cuánto cuesta la alcancía de la cochinita? —le pregunto al señor Chapa, que está colocando latas de sopa en el estante opuesto.

—¿Cuál alcancía? —me pregunta.

—La que está hasta arriba en este estante.

"I forgot that thing was even there," says Mr. Chapa. He reaches for the ceramic piggy bank. He holds it close to his lips and blows.

AACCHHUU!

"How much do you want?" I ask again. Mr. Chapa scratches his forehead.

"Tell you what," says Mr. Chapa. "I will sell her to you for eight dollars."

I can feel my heart drop. I don't have eight dollars.

"Eight dollars for what?" asks doña Alicia who is sitting at the register reading a magazine with the picture of her beloved singing icon, the late Pedro Infante, on the cover.

"Max here wants to buy this piggy bank," says Mr. Chapa.

"Eight dollars for that old thing?" she says without even looking up from her magazine. "It's been collecting dust for years. What do you want with a piggy bank, Max?" she asks me. "Saving money for college maybe?"

"It's a gift for my mom." My words make doña Alicia look up from her magazine and smile.

"One dollar," declares doña Alicia. Mr. Chapa is about to open his mouth in protest, but a tight-lipped glare from doña Alicia stops him cold in his tracks. "**ONE DOLLAR** is the going price for that piggy bank."

I reach into my pocket and pull out five crumpled one-dollar bills. I place one of them on the counter. I still have four dollars left. Do I have enough money to buy some brushes, paint, ribbons and a small bottle of red nail polish? Yup!

—Se me había olvidado que esa cosa estaba ahí —dice el señor Chapa. Agarra la alcancía de cerámica. La detiene cerca a su boca y le echa un soplón.

¡AACCHHÚU!

—¿Cuánto cuesta? —le vuelvo a preguntar. El señor Chapa se rasca la frente.

—Está bueno —dice el señor Chapa—. Te la vendo por ocho dólares.

Siento un vacío en mi estómago. No tengo ocho dólares.

—¿Ocho dólares para qué cosa? —pregunta doña Alicia, quien está sentada en la registradora, leyendo una revista con la foto de su amado cantante, el difunto Pedro Infante, en la portada.

—Max quiere comprar esta alcancía de cochinita —dice el señor Chapa.

—¿Ocho dólares por esa vieja alcancía? —dice sin retirar la mirada de su revista—. Sólo ha estado ahí acumulando polvo por años. ¿Qué quieres hacer con ella, Max? —me pregunta—. ¿Tal vez ahorrar dinero para la Universidad?

—Es un regalo para mi mamá. —Mis palabras hacen que doña Alicia sonría y retire la mirada de la revista.

—Un dólar —declara doña Alicia. El señor Chapa está a punto de renegar, pero una mirada fija y seria lo detiene fríamente—. **¡UN DÓLAR** es el precio final para esa alcancía!

De mi bolsillo saco cinco arrugados billetes de dólar. Pongo uno de ellos sobre el mostrador. Todavía tengo cuatro billetes más. ¿Tengo suficiente para comprar pintura, una brocha, listones y una pequeña botella de esmalte rojo? ¡Así es!

6

CONFESSION IS GOOD FOR THE SOUL

★ ★ ★ ★ ★ ★ ★

CONFESARSE ES BUENO PARA EL ALMA

I make my way to the kitchen, clutching la Piggy's twin tightly in my hands, hoping the little plumper will help soften the blow that is sure to come my way. Mom and Rita are sitting at the kitchen table chopping up onions and carrots for a caldo de res. I place my hastily wrapped present in front of them. My mother looks up at me curiously.

"What's this?" she wants to know.

"Happy birthday, Mom," I tell her.

"My birthday isn't for months, Maximilian."

Entro a la cocina, abrazando a la gemela de la Piggy en mis brazos, esperando que esta marranita me ayude a suavizar el lío que de seguro volverá a aparecer en mi futuro. Mamá y Rita están sentadas en la cocina rebanando cebollas y zanahorias en la mesa para un caldo de res. Les muestro mi regalo, el cual envolví de prisa, y lo pongo en frente de ellas. Mi mamá me mira con curiosidad.

—¿Qué es ésto? —quiere saber.

—Feliz cumpleaños, mamá —le digo.

—Todavía faltan meses para mis cumpleaños, Maximiliano.

"Why wait?" I tell her. "It's never too early to celebrate the most beautiful mother in the world." A little flattery never hurts. The comment has the desired affect. It makes my mom smile. The suspicious tone in her voice is replaced by a hint of laughter. Now it's Rita who is eyeing me suspiciously. *What are you up to, Max?* I watch as Mom unwraps the piggy bank.

"I can't believe it," she says. "It's...it's...it's la Piggy!"

I have to say I did a pretty good job. This new la Piggy is a dead ringer for the old one with one small exception.

"The Guardian Angel?" questions Mom as she sees the image I had painted underneath the ceramic pig's belly. This was new, of course. I had wanted to get as close as possible to the original la Piggy, but the artist in me just couldn't resist adding my own personal touch to it.

"She's beautiful, Maximilian," says my mom.

"Glad you like her," I tell her. "When I saw her, she reminded me of the one you used to have."

"She does look just like la Piggy," says Rita.

"You should know," says Mom. "You broke the original." Mom gives Rita a scornful *I still haven't forgiven you for doing that* stare.

"It wasn't me."

"Don't lie, Rita," says Mom. "I caught you red-handed."

Rita glares at me. It's now or never. I close my eyes and picture myself dancing with Cecilia.

—¿Para qué esperar? —le digo—. No necesito excusa para celebrar a la mamá más bella del mundo. —De vez en cuando unas cuantas alabanzas ayudan. El comentario tiene el efecto deseado. Hace que sonría mamá. La sospecha en su tono de voz es reemplazada por una leve risa. Ahora es Rita la que me está ojeando sospechosamente. "¿Qué estas planeando, Max?" Yo estoy viendo mientras mamá desenvuelve la alcancía.

—No lo puedo creer —dice—. Es la...la... ¡Es la Piggy!

Realmente hice un buen trabajo. La nueva Piggy es una réplica exacta a la vieja excepto por un pequeño detalle.

—¿El Ángel de la Guarda? —pregunta mamá al ver la imagen que pinté debajo del vientre de la cochinita de cerámica. Por supuesto, esto era nuevo. Quise replicar la Piggy original lo más que pude, pero mi sentido artístico quiso añadir un detalle personal.

—Está hermosa, Maximiliano —dice mamá.

—Me alegro que te guste —le digo—. Cuando la vi, me recordó de la vieja que tenías.

—Se ve igualita a la Piggy vieja —dice Rita.

—Deberías de saber bien —dice mamá—. Tú quebraste la original. —Mamá mira a Rita con desprecio como diciendo *Yo todavía no te perdono por eso.*

—No fui yo.

—No me eches mentiras, Rita —dice mamá—. Te agarré con las manos en la masa.

Rita me mira con furia. Es ahora o nunca. Cierro mis ojos imaginándome que bailo con Cecilia.

"It's…it's…it's true." *There, I said it.* "It wasn't Rita. I…I broke la Piggy."

"You broke la Piggy, Maximilian?" asks Mom in disbelief. "Not Rita?"

"Ye…ye…yes."

"So Rita was telling the truth?"

"Ye…ye…yes."

"And you let her get punished?"

"Ye…ye…yes."

Rita is stunned. She can't believe it. After three years of being falsely accused, her name has just been cleared. Mom doesn't utter a single word. She just glares at me. Her eyes make me shrink into a corner of the kitchen. Suddenly Rita's three years of pent-up frustration erupt like a volcano.

"I told you! I told you it wasn't me! I told you it was Max! I told everybody it was Max, but nobody believed me!"

Mom is now giving me the death stare. Her face is beet red. I watch as she slowly rises up from her chair.

"Rita. I…I…I am sorry for not believing you."

WOW.

In my eleven years on this earth—which I fear might be coming to an abrupt end—I have *never ever* heard my mother utter those three words. Even Rita is stunned.

★ —Es...es...es la verdad. —"Ahí está, lo dije"—. No fue Rita. Yo...yo rompí la Piggy.

—¿Tu rompiste la Piggy, Maximiliano? —pregunta mamá con incredulidad—. ¿No fue Rita?

—S...s...sí.

—¿Entonces Rita estaba diciendo la verdad?

—S...s...sí.

—¿Y tu dejaste que yo la castigara?

—S...s...sí.

Rita está asombrada. No lo puede creer. Después de tres años de ser falsamente acusada, todo se ha aclarado. Mamá se queda muda. Solamente me mira con furia. Su mirada me hace sentir como que me quisiera encoger en la esquina de la cocina. De repente el coraje de Rita estalla como un volcán después de tres largos años de frustración.

—¡Te lo dije! ¡Te dije que no fui yo! ¡Te dije que fue Max! ¡Les dije a todos que fue Max, pero nadie me creyó!

Mamá se me queda mirando con ira. Su cara está roja colorada como un tomate. Me fijo como lentamente se para de su silla.

—Rita...lo...lo...lo siento por no haberte creído.

WOW.

En mis once años de estar vivo—de los cuales temo están por llegar a su fin—jamás en la vida había oído a mi mamá decir esas tres palabras. Rita también esta asombrada.

"I...I...I was wrong."

WOW.

Another first! Our mother never admits to being wrong.

After a moment of awkward silence, Rita and Mom embrace. Whatever trust may have been lost in the past, whatever hard feelings may have lingered from the demise of la Piggy, those feelings are now buried. I'm touched. I don't think I've ever seen Mom and Rita hug. Mom leans over and lovingly kisses Rita on her forehead.

"Go on, my daughter. I'll finish the stew. I need to have a word in private with your scoundrel of a brother, *Maximiliano*."

My mom just said my name in Spanish.

I AM SO DEAD!

"Your dancing lessons start tomorrow," whispers Rita. "That is, if there's anything left of you."

Mom's eyes tear into me. I don't think I have ever seen her so mad.

GULP.

Be brave, Max. Be very brave.

—Yo... yo... yo estaba equivocada.

WOW.

¡Otra novedad! Nuestra mamá nunca admite estar equivocada.

Después de unos momentos de silencio incómodos, Rita y mamá se abrazan. Cualquier pérdida de confianza o cualquier duda o resentimiento que habían quedado por haber quebrado a la Piggy, han sido completamente borrados. Estoy conmovido. Creo que nunca he visto a Mamá y Rita abrazarse. Mamá se acerca cariñosamente y le da un beso a Rita en la frente.

—Ándale, mija. Yo termino el caldo. Además, necesito hablar en privado con tu hermano sinvergüenza, Maximiliano.

Mi mamá acaba de decir mi nombre en español.

¡ESTOY EN LA RUINA!

—Tus clases de baile comienzan mañana —susurra Rita—. Si es que sobrevives tu castigo.

Los ojos de mamá me hacen pedacitos. No creo haberla visto tan enojada antes.

GLUG.

"Sé valiente, Max. Sé muy valiente".

7
SIBLING RIVALS
★ ★ ★ ★ ★ ★ ★
RIVALIDAD ENTRE HERMANAS

"So, have Socorro and Dolores driven you crazy yet, Father Martinez?" My dad hadn't been there to witness the unruly behavior of his two older sisters, but he'd heard about it for sure, from many sources.

The feud between my two aunts is legendary in our hometown of Rio Grande City. Dad told me that even when they were kids, his sisters were always in competition. Who has the longest hair? Who has the better grades? Who is wearing the prettiest dress? Who can hold their breath under water the longest? Anything was fair game for a contest.

—¿Padre Martínez, ya te traen loco la Socorro y la Dolores? —Mi papá no había estado presente para ser testigo del mal comportamiento entre sus dos hermanas, pero sin falta lo había escuchado, por todos lados.

El pleito entre mis dos tías es épico en nuestro pueblo de Rio Grande. Mi papá me cuenta que desde que eran niñas, sus dos hermanas andaban compitiendo una contra la otra. ¿Quién tenía el pelo más largo? ¿Quién tenía las mejores calificaciones? ¿Quién traía el vestido más bonito? ¿Quién podía aguantar más tiempo debajo del agua? Justificaban cualquier cosa para una competición.

Nobody knows what first sparked their fierce rivalry. My dad blames it on *their* dad, my late Grandpa Baldo. But he has never explained to me why. I need to ask him to tell me that story one of these days.

A flip of the coin by Father Martinez had determined that tía Socorro would get the trophy for the first week and then have to relinquish it to Dolores the following week. The two women were supposed to repeat this routine every Sunday till their two-month long reign expired. It seemed like a simple idea. But when it comes to Socorro and Dolores, things are never simple. Come that first Sunday when tía Socorro was supposed to bring the trophy to tía Dolores, Socorro claimed to have forgotten and left it at home. And tía Dolores wasn't willing to walk four houses *down* the street to retrieve the trophy from Socorro's house.

"You forgot to bring it, so you go get it," she demanded. Tía Socorro got mad at Dolores and was unwilling to walk four houses *up* the street to deliver the trophy to her sister's house. Tía Dolores then had the bright idea of appointing me to be her representative. She wanted me to go and get the trophy for her. But when I got to tía Socorro's door, she told me to go away.

Nadie sabe qué chispa comenzó esta rivalidad tan feroz. Mi papá culpa a su propio papá, el ya difunto, abuelo Baldo. Pero nunca me explicó por qué. Necesito pedirle que me cuente toda la historia uno de estos días.

Con una cara de la moneda, el Padre Martínez había determinado que a mi tía Socorro le correspondía el trofeo la primera semana y a la siguiente semana debería prestárselo a su hermana Dolores por una semana. Las dos mujeres deberían de repetir esta rutina cada domingo hasta que sus dos meses de reinado terminaran. Parecía una idea sencilla. Pero en cuanto a mis tías Socorro y Dolores nada es fácil. El primer domingo que supuestamente mi tía Socorro debía haber traído el trofeo a mi tía Dolores, Socorro jura que se le había olvidado en casa. Y tía Dolores se rehusaba a caminar media cuadra para recoger el trofeo de la casa de Socorro.

—Tú lo olvidaste, así que tú ve y tráemelo —ella demandaba. Tía Socorro se enfadó y no estaba dispuesta a caminar la media cuadra hasta la casa de su hermana para llevarle el trofeo. Entonces tía Dolores tuvo la buena idea de nombrarme como su representante. Ella quería que yo fuera a traer el trofeo. Pero cuando llegué a la puerta de mi tía Socorro, ella me dijo que me fuera.

"You may be my nephew, Max, but you are far too young to be trusted with the Queen Bingo trophy." Ultimately my tía Socorro—begrudgingly—relinquished the trophy to Father Martinez. He went with Dolores to Socorro's house to make sure that the trophy transfer took place as planned. During the transfer, Father Martinez was subjected to all kinds of childish accusations.

"Socorro gave me the trophy full of greasy finger prints!"

"Dolores said she was going to use it as an ashtray!"

"Socorro used it as a water bowl for her dogs!"

"Dolores said she was going to use it as a toilet paper bin!"

When Dad told Mom that he was going to pay Father Martinez a visit, I asked if I could tag along with him. Mom had grounded me indefinitely for breaking la Piggy so I was pleasantly surprised when she said yes. I think the new la Piggy had helped to soften the blow, just like I planned.

And true to her word, Rita had begun teaching me how to dance. My dancing classes were coming along nicely. I wasn't going to win any contests, but at least I wasn't going to step on Cecilia's feet.

I also had decided that I was going to muster up all my courage and ask Cecilia to be my girlfriend at the dance.

—Tú serás mi sobrino, Max, pero estás muy joven para encomendarte con el Trofeo de La Reina de Lotería. —Al fin, mi tía Socorro—por más disgustada que estaba—tuvo que ceder el trofeo al Padre Martínez. Él mismo fue con Dolores a la casa de Socorro para asegurarse de que el trofeo fuera transferido como estaba planeado. Durante el intercambio, el Padre Martínez fue sujeto a toda clase de acusaciones infantiles.

—¡Socorro me dio el trofeo todo mugroso!

—¡Dolores dijo que lo iba a usar como cenicero!

—¡Socorro lo usó para servirle agua a sus perros!

—¡Dolores dijo que lo usaría para el papel higiénico!

Cuando mi papá le dijo a mi mamá que iba a visitar al Padre Martínez, yo le pregunté si podía ir con él. Mamá me había castigado indefinitivamente por haber quebrado a la Piggy, pero me alegré cuando dijo que sí podía ir. Pienso que tal vez la nueva Piggy ayudó a suavizar el castigo, tal como lo había planeado.

Rita empezó a enseñarme a bailar, tal como había dicho. Mis clases de baile iban avanzando bien. Yo no iba a ganar ningún concurso pero por lo menos no iba a pisar los pies de Cecilia.

También había decidido juntar todo mi valor y en el baile pedirle a Cecilia que fuera mi novia.

Father Martinez and my dad have known each other since they were kids. They are best friends, in fact. As they start talking, I sit in one of the pews and begin reading my newest issue of *Kings of the Ring*. On the cover is a picture of my uncle—the Guardian Angel—facing off against Heavy Metal, who is a graduate from Vampire Velasquez's lucha libre school. He wears a black mask with a vampire skull embroidered on his forehead. The same image is tattooed across his shoulder blades. He wears a spiked leather strap around his neck like a heavy metal rocker and is known for smashing electric guitars over his opponents' heads when the referee isn't looking. Tío Rodolfo and Lalo are going to challenge Heavy Metal and King Scorpion for the world tag team title in San Antonio next month. I can't wait. Tío Rodolfo sent us front row tickets and backstage passes. It will be great to see tío Rodolfo again. Plus he still owes me another lucha libre lesson. There is also a half-page article on Lalo in the magazine. I had tried to show it to my mom earlier today, but she ignored me. She is not happy with the fact that Lalo is now a luchador.

"What kind of a life is he going to give poor Marisol?" she was arguing the other day with my dad. "He's never home. He's always on the road. Poor Marisol might as well be a single woman." Mom did have a point. Lalo was sometimes gone for two weeks at a time.

⭐ El Padre Martínez y mi papá se conocen desde que eran niños. Y de hecho, son mejores amigos. Mientras se ponen a platicar, yo me siento y empiezo a leer la última edición de *Kings of the Ring*. En la portada está la foto de mi tío—El Ángel de la Guarda—frente a frente contra el Heavy Metal, quien se graduó de la escuela de lucha libre del Vampiro Velásquez. Lleva una máscara negra con la calavera de un vampiro bordada en su frente. La misma imagen la trae tatuada atrevés de sus hombros. Él usa un cinturón de piel con púas alrededor de su cuello como un rockero de metal y se sabe que le gusta destrozar guitarras eléctricas sobre las cabezas de los contrincantes cuando el referee no está mirando. Tío Rodolfo y Lalo van a retar al Heavy Metal y al Rey Escorpión para el título mundial de Tag Team en San Antonio el próximo mes. No me puedo aguantar. Tío Rodolfo nos mandó boletos de primera fila y pases de camerino. Va a ser especial volver a ver a mi tío Rodolfo otra vez. Es más que me debe otra lección de lucha libre. También hay un artículo de media página sobre Lalo en la revista. Traté de mostrárselo a mi mamá hoy, pero nomás me ignoró. No está muy contenta con el hecho de que ahora Lalo es un luchador.

—¿Qué clase de vida le va a dar a Marisol? —ella argumentaba el otro día con mi papá—. Él nunca está en la casa. Siempre anda viajando. Pobre Marisol, para eso más bien se hubiera quedado soltera. —Mamá tenía razón. Lalo a veces se iba por dos semanas.

"Ventura, I wish you would just call me Lupe," says Father Martinez. "I'm still the same guy you used to get into all sorts of trouble with back when we were kids. Remember how we used to steal those sweet-tasting watermelons from don Filemon's house?" The childhood memory makes my dad smile. "The only difference is that I'm a priest now."

Try as he might, my dad can't call any man of the cloth by his nickname, even if it is his old friend Lupe. He also considers Father Martinez to be the smartest man that he knows. Which is why he can't understand it when Father Martinez had his sisters share the Queen Bingo trophy. He of all people should know just how stubborn and competitive those two women are.

"Maybe my sisters just don't like each other," says my dad. "It happens, even in the closest of families. Sometimes I think they barely like me."

"Nonsense, Ventura," says Father Martinez. "They're sisters. They love each other very much, even if they aren't willing to admit it. They just need a catalyst, something that will force them to work together. Make them unite."

"Unite?" asks my dad. "You mean like make them team up or something?" The idea makes my dad laugh.

"Like a tag team?" I suggest. My father gives me a disapproving look. He doesn't appreciate my eavesdropping on the conversation between him and Father Martinez.

—Ventura, yo quisiera que me llamaras Lupe —dice el Padre Martínez—. Yo soy el mismo con el que te metías en líos cuando éramos niños. ¿Te acuerdas cómo nos robábamos esas sandías dulces de la casa de Don Filemón? —Los recuerdos de su niñez hacen reír a mi papá—. La única diferencia es que ahora soy sacerdote.

Aunque mi papá trataba, él no podía llamar a un hombre de la iglesia por su apodo, ni si fuera su mejor amigo Lupe. Él también considera al Padre Martínez como uno de los hombres más inteligentes que conoce. Por eso no puede entender por qué hizo que sus hermanas compartieran el trofeo de la Reina de Lotería. Él, más que nadie, debe saber que testarudas y competitivas son esas dos mujeres.

—Tal vez mis hermanas nomás no se llevan bien —dice mi papá—. Ésto pasa hasta en las familias más apegadas. A veces hasta se me figura que no me quieren a mí.

—Tonterías, Ventura —dice el Padre Martínez—. Son hermanas. Se aman aunque no quieran admitirlo. Ellas solamente necesitan un catalizador, algo que las fuerce a trabajar juntas. Que las una.

—¿Unirlas? —pregunta my papá—. ¿Quiere decir cómo hacerlas compañeras de un partido o algo parecido? —La idea hace carcajear a mi papá.

—¿Cómo un tag team? —sugiero yo. Mi papá me mira con desaprobación. No le parece muy bien que yo esté escuchando su conversación con el padre Martínez.

"Exactly like a tag team," says Father Martinez. "You know who your two aunts remind me of, Max? They remind me of the two lucha libre brothers you were telling me about the other day, those two brothers who are always arguing and fighting with each other?"

I know exactly who Father Martinez is talking about.

"Black Shadow and the White Angel." I hold up my lucha libre magazine for him to see. It features the two brothers on the back cover.

"That's right. Black Shadow and the White Angel," says Father Martinez.

Black Shadow and the White Angel have the same parents, but they've been torn apart by their different wrestling philosophies. Black Shadow is a feared rule-breaker who will stop at nothing to win. His younger brother, the White Angel, is as noble as his brother is a scoundrel. Every single time these two men met in the ring, it was all-out war. It was hard to believe that they're brothers.

"So what's your point?" asks my dad.

"My point is that when push came to shove, Black Shadow wasn't able to turn his back on his brother. On the night that the White Angel was being beaten up by a gang of lucha libre rudos, Black Shadow couldn't just stand by. He put their differences aside and came running to his brother's aid. Together they beat back the rudos. They then became an unbeatable tag team."

—Exactamente, como un tag team —dice el Padre
Martínez—. ¿Sabes a quién me recuerdan tu dos tías, Max?
Me recuerdan a los dos hermanos luchadores de los cuales me
estabas contando el otro día. Esos dos hermanos que siempre
andan argumentando y peleando uno con el otro.

Yo sé exactamente a quien se está refiriendo el Padre Martínez.

—Sombra Negra y El Ángel Blanco. —Levanto la revista de
lucha libre para que él los vea. En la última página hay una foto
de los hermanos.

—Así es. Sombra Negra y el Ángel Blanco —dice el Padre
Martínez.

Sombra Negra y el Ángel Blanco tienen los mismos padres,
pero han quebrado su relación por sus distintas filosofías sobre
la lucha libre. Sombra Negra es un temido rudo rompe—reglas
que hace lo que sea por ganar y todo mundo lo teme. Su hermano
menor, el Ángel Blanco, es tan noble como su hermano es de
sinvergüenza. Cada vez que estos dos hombres se encuentran en el
cuadrilátero, es una guerra total. Es difícil creer que son hermanos.

—¿Qué estas tratando de decir? —pregunta mi papá.

—Quiero decir que a la hora de la verdad, Sombra Negra
no pudo darle la espalda a su hermano. La noche que un
grupo de rudos de la lucha libre le estababan metiendo una
paliza al Ángel Blanco, Sombra Negra no pudo contenerse. Él
puso sus diferencias a un lado y vino corriendo a ayudarale
a su hermano. Juntos pudieron vencer a los rudos. Desde ese
entonces se volvieron un tag team invencible.

Tag team champions of the world, in fact. At least they had been till they lost that title to Heavy Metal and King Scorpion.

"Blood is thicker than water, Ventura. It is stronger than any rivalry that may exist. All they need is a catalyst, something that will force them to unite."

That's when Father Martinez gets an idea. I know this because he begins to stroke his mustache. He does this every time the wheels in his head start turning.

"Fixed bingo," I hear him whisper to my dad.

"You're going to rig the game?" asks my dad. "Isn't that wrong?"

"Not if it teaches a moral lesson and ends a life-long feud," says Father Martinez. "Sometimes, Ventura, sometimes you have to bend the rules just a bit to serve the greater good."

I couldn't believe it. Was Father Martinez going to rig the game?

⭐ De hecho fueron Campeones del Mundo de Tag Team. Aunque perdieron su título ante el equipo de Heavy Metal y Rey Escorpión.

—La sangre es más gruesa que el agua, Ventura. Es más fuerte que cualquier rivalidad que pueda existir. Lo que necesitan es un catalizador, algo que los fuerce a unirse.

En este momento le viene una idea al Padre Martínez. Ésto lo sé porque empieza a jugar con su bigote. Él hace ésto cada vez que las ruedas en su cabeza comienzan a dar vueltas.

—Una lotería amañada —oigo que le susurra a mi papá.

—¿Vas a amañar el juego? —pregunta mi papá—. ¿Qué no está prohibido eso?

—No siempre y cuando enseñe una lección moral y termine una disputa familiar de toda la vida —dice el Padre Martínez—. A veces, Ventura, a veces tienes que doblar las reglas un poquito por el bien de todos.

No lo podía creer. ¿El Padre Martínez iba a amañar el juego?

8
DANCE NIGHT
LA NOCHE DEL BAILE

My hopefully-soon-to-be-girlfriend Cecilia and her sister
Marissa step out of their mother's car. In her tattered gown and
jet black wig, Cecilia truly looks like a vampire queen hungry
for blood. She smiles at me and reveals plastic fangs. As strange
as it might sound for me to say this, even as an undead blood-
sucking monster, Cecilia still looks beautiful.

"Where's Rita?" asks Marissa.

Mi ya-casi-ojalá-que-sea-mi novia Cecilia y su hermana Marissa
se bajan del carro de su mamá. Con su vestido destrozado y
peluca color tinta negra, Cecilia realmente se miraba como la
auténtica Reina Vampiro hambrienta por sangre. Ella sonríe
revelando sus colmillos falsos de plástico. Aunque suene un
poco raro, aún vestida como un monstruo que chupa sangre de
muertos, Cecilia se ve hermosa.

—¿Dónde está Rita? —pregunta Marissa.

"She's inside already," I tell her. Marissa is Rita's best friend. "She is helping Mrs. Miller pass out punch." Marissa takes off.

"Is that you in that mask, Max?" Cecilia's mom leans out the car window.

"Yes, Mrs. Cantu."

"That mask looks real," she tells me. "It looks just like the one the real Guardian Angel wears."

"Thanks, Mrs. Cantu." If she only knew that the mask *is* real, and that the Guardian Angel is my uncle.

"Have fun, guys," she tells us. "I'll be here to pick you up at nine sharp, Cecilia."

"Okay, Mom."

"You look beautiful," I tell Cecilia as we watch her mother drive away.

"Me? Look at you," she tells me. She admires my Guardian Angel mask and cape. "Mom is right. You do look like a real luchador."

As much as I would like to believe her, I know that I have a long way to go before I am even close to being as strong and imposing a figure as my uncle. But I'm only eleven, for crying out loud.

—Ya está adentro —le digo. Marissa es la mejor amiga de Rita—. Ella le está ayudando a la maestra Miller a servir el ponche. —Marissa se peló.

—¿Max, eres tú detrás de esa máscara? —La mamá de Cecilia se asoma por la ventana del carro.

—Sí, Señora Cantú.

—Esa máscara parece de verdad —me dice—. Se parece mucho a la que usa el Ángel de la Guarda.

—Gracias, señora Cantú. —Si supiera que la máscara es realmente auténtica, y que el Ángel de la Guarda es mi tío.

—Qué se diviertan —nos dice—. Cecilia, voy a estar aquí mismo a las nueve en punto para recogerlas.

—Está bien, mamá.

—Te ves muy hermosa —yo le digo a Cecilia mientras vemos que su mamá se aleja.

—¿Yo? Tú también —ella me dice, admirando mi máscara y capa del Ángel de la Guarda—. Mi mamá tiene razón. Tú te pareces mucho a un luchador de verdad.

Por mucho que me gustaría creerle, sé que me falta mucho antes de que yo sea tan fuerte e imponente como la figura de mi tío. Pero sólo tengo once años, por el amor de Dios.

I take Cecilia's hand and we make our way to the cafeteria that for tonight serves as a dance floor. It's decorated with cardboard tombstones and cotton ball cobwebs. Holding hands is against the rules at school, but that rule is relaxed during school dances.

"Hey, sixth-graders stay on the left side of the cafeteria," says an eighth-grader named Aaron Reyes. His complaining is abruptly cut off, however, by a well-placed kick to his shins by my sister Rita.

"Leave them alone."

"But they're sixth-graders."

"He's also my brother." She gives Aaron a dirty look—just like one of our mother's.

Wow! My sister just stuck up for me. Who knew? Life is full of surprises. I look into Cecilia's eyes and smile as we begin to dance.

⭐ Tomo la mano de Cecilia y nos dirigimos a la cafetería que por esta noche sirve como una pista de baile que está decorada con lápidas de cartón y las telarañas hechas bolita de algodón. Ir agarrados de la mano es contra de las reglas de la escuela, pero esa regla se ha relajado durante los bailes escolares.

—¡Oigan, los de sexto grado quédense al lado izquierdo de la cafetería! —dice un estudiante del octavo grado que se llama Aarón Reyes. Sin embargo, su queja es abruptamente interrumpida con una patada bien colocada en las espinillas por mi hermana Rita.

—Déjalos en paz.

—Pero ellos son de sexto grado.

—También es mi hermano. —Ella le da a Aarón una mirada de esas que matan—igual como las que puede dar nuestra mamá.

¡Wow! Mi hermana acaba de defenderme. ¿Quién lo diría? La vida está llena de sorpresas. Miro a Cecilia en sus ojos y me sonrio cuando comenzamos a bailar.

9

A MAGICAL MOMENT
★ ★ ★ ★ ★ ★ ★
UN MOMENTO MÁGICO

I am not doing too bad in the dance department, if I do say so myself. I can hold my own when it comes to Tejano music, and I'm pretty good with the oldies. I catch a glimpse of my sister Rita talking to Marissa. I can't hear what she is saying, but I can already guess.

"I taught him everything he knows."

After a while, Cecilia and I decide to take a break from dancing. We sit at one of the benches on the patio outside the cafeteria. I look around. Cecilia and I have the patio all to ourselves. This is it. I'm going to do it! I am going to ask Cecilia to be my girlfriend. I take my mask off and muster all my courage.

Yo mismo les diré que no ando tan mal en cuanto al tema de bailar. Me defiendo cuando se trata de música tejana, y soy bueno con la música de los 'oldies'. Me doy cuenta de que mi hermana Rita está platicando con Marissa. No puedo oír lo que está diciendo, pero ya me lo puedo imaginar.

—Yo le enseñé todo lo que sabe.

Después de un rato, Cecilia y yo decidimos tomar un descanso de bailar. Nos sentamos en una de las bancas en el patio, afuera de la cafetería. Miro a mi alrededor. Cecilia y yo tenemos el patio entero sólo para nosotros. Éste es el momento. ¡Lo voy a hacer! Le voy a pedir a Cecilia que sea mi novia. Me quito la máscara y busco todo mi valor.

"Cecilia, I...I wanted to ask you...to ask you something."
Keep it together, Max! You are about to ask the girl of your dreams to be your girlfriend. Stuttering is not allowed.

"I need to talk to you too," says Cecilia. "I need to tell you something."

"What?"

"You go first, Max," she tells me.

Okay, Max. Just say it. You've been practicing all week.
"I...I wanted...I wanted to ask you if...if you would be my...my girlfriend?"

"Max, I...I..."

All of a sudden, Cecilia starts to cry. *What's wrong? Did I not say it right?*

"I can't!"

She can't? Did she just say she can't? Did the girl of my dreams just turn me down? Am I crying now? Are those tears I feel running down my cheeks? I try to stop them, but I can't control myself.

"Don't cry, Max. Please don't cry," she tells me. "It's not that I don't want to be your girlfriend. I want to, I really do. But it wouldn't be fair to you."

Wouldn't be fair? What does she mean by that? What is she talking about? What's going on here? "What do you mean by that?"

"Max, I was going to tell you."

—Cecilia, yo...yo quería preguntarte...preguntarte algo.

—"¡Mantente firme, Max! Estás a punto de preguntarle a la chica de tus sueños que sea tu novia. La tartamudez no se permite."

—Yo también necesito hablar contigo —dice Cecilia—. Tengo algo que decirte.

—¿Qué?

—Tú primero, Max —me dice.

"Está bien, Max. Sólo dilo. Has estado practicando toda la semana." —¿Yo...yo quería...quería preguntarte si...si quieres ser mi...mi novia?

—Max, yo...yo...

De repente, Cecilia empieza a llorar. "¿Qué tienes? ¿Qué no lo dije bien?"

—¡No puedo!

"¿No puedes? ¿Acaba de decirme que no puedes? ¿La chica de mis sueños me acaba de rechazar? ¿Ahora el que llora soy yo? ¿A poco son lágrimas las que siento rodar por mis mejillas? Trato de detenerlas, pero no me puedo controlar."

—No llores, Max. Por favor, no llores —me dice—. No es que yo no quiera ser tu novia. Yo sí quiero, de verdad. Pero no sería justo para tí.

"¿No sería justo? ¿Qué quiere decir con eso? ¿De qué está hablando? ¿Qué está pasando aquí?" —¿Qué quieres decir con eso?

—Max, yo te iba a decir.

"Tell me what?"

"My dad got a promotion at work this week. My family is moving to California."

"California?"

"Yes, Max, California."

"When?"

"In two weeks."

"Don't go," I tell her.

"I don't want to go, Max, but I have to." She stares down at her feet and covers her face with her hands.

I have never seen Cecilia cry before. *What do I do? What do I say?* I've never been in this situation before. I want her to stop crying. I hold her hands in mine.

"Don't cry," I tell her. "Everything...everything is going to be okay."

"No, it's not," she tells me. "I'm never going to see you again, Max."

"Don't say that."

"But it's true. Texas and California are so far from each other."

She's right. California is very far from Texas. There's no way that old Ironsides could survive such a trip. Or could she? Dad is always saying that old Ironsides is stronger than she looks.

"It'll work out," I tell Cecilia. "Our love will find a way."

Way to go, Max. Could you possibly come up with a cornier line?

—¿Decirme qué?

—Le dieron una promoción a mi papá en el trabajo esta semana. Mi familia se va a mudar a California.

—¿A California?

—Sí, Max, California.

—¿Cuándo?

—En dos semanas.

—No te vayas —le digo.

—No me quiero ir, Max, pero no tengo otra opción. —Ella mira hacia abajo a sus pies y se cubre la cara con las manos.

Nunca he visto llorar a Cecilia antes. "¿Qué debo hacer? ¿Qué le puedo decir?" Nunca he estado en esta situación antes. Quiero que deje de llorar. Yo tomo sus manos en las mías.

—No llores —le digo—. Todo...todo va a estar bien.

—No, no —me dice—. Yo nunca voy a volverte a ver, Max.

—No digas eso.

—Pero es cierto. Texas y California están tan lejos el uno del otro.

Ella tiene razón. California está bastante lejos de Texas. No hay manera de que la Vieja Locomotora pudiera sobrevivir un viaje así. ¿O podría hacerlo? Papá siempre dice que la Vieja Locomotora es más fuerte de lo que parece.

—Todo va a salir bien al final —le digo a Cecilia—. Nuestro amor encontrará alguna manera. —"Bien hecho, Max. ¿Se te podría haber ocurrido una línea más simple?"

"You really think so, Max?"

"Yes, I do." *Am I lying to her? In my heart of hearts, do I really believe that?* "We are meant to be together, Cecilia."

"Really, Max?"

"Yes," I tell her. "Cecilia, will you be my girlfriend? Even if it's only for two weeks?"

"Yes, Max. I will be your girlfriend. Even if it's only for two weeks."

That's when it happens.

I KISS HER.

It's a magical moment, everything I hoped my first kiss would be. I don't want to let go of Cecilia. Not now. Not ever. I'm transported back to that moment in my dad's station wagon—old Ironsides—when I first held her hand.

One of the chaperones shows up right then and catches us kissing. "Hey, cut that out!"

I know my kissing Cecilia will cost me at least a day or two of after-school detention. But as far as I'm concerned, it was worth it.

—¿Realmente crees que sí, Max?

—Seguro que sí —"¿Le estoy mintiendo? ¿En el fondo de mi corazón es lo que realmente creo?"— Estamos destinados a estar juntos, Cecilia.

—¿De verdad, Max?

—Sí —le digo—. Cecilia, ¿quieres ser mi novia? ¿Aunque sea sólo por dos semanas?

—Sí, Max. Voy a ser tu novia. Aunque sea sólo por dos semanas.

Entonces es cuando sucede.

LA BESO.

Es un momento mágico, todo lo que yo esperaba que fuera mi primer beso. No quiero retirarme de Cecilia. Ahora no. Ni nunca. Soy transportado de regreso a ese momento en la camioneta de mi papá—la Vieja Locomotora—cuando por primera vez le tomé la mano.

Uno de los padres aparece en ese momento y nos ve besando. —¡Ey, ya paren eso!

Sé que besar a Cecilia me va a costar por lo menos uno o dos días de castigo después de la escuela. Pero pienso al respecto y valió la pena.

10

SAYING GOODBYE
★ ★ ★ ★ ★ ★ ★
DECIR ADIÓS

The minute the bus doors swings open, I shoot out like a bullet.

"Wait for me," screams Rita. But I'm not about to wait for her. I have to get to Cecilia's house before it's too late. I have to see her one last time. I run past our church, not even acknowledging Father Martinez as he calls out to me.

"Why are you running, Max?"

I run past the local muffler shop and make a quick right past the Lucky Corner Convenience Store. I run and run till I finally reach Cecilia's house.

El momento en que se abren las puertas del camión, salgo corriendo como una bala.

—Espérame —grita Rita. Pero yo no la voy a esperar. Tengo que llegar a casa de Cecilia antes de que sea demasiado tarde. Tengo que verla por última vez. Paso corriendo por delante de la iglesia, ni siquiera reconociendo al Padre Martínez cuando él me llama.

—¿Por qué corres, Max?

Corro por el lado del taller de mofles y tomo la derecha pasando por la tienda de Lucky Corner. Corro y corro hasta que por fin llego a la casa de Cecilia.

I stare at the For Sale sign in the front yard. Her dad's pickup truck is missing from the driveway. So's her mom's car. There's a padlock on the front gate.

I'm too late. She's gone. Cecilia had checked out from school early this morning. I'd spoken to her briefly, asking her what time they'd be leaving for Los Angeles. She said her father wanted to hit the road before four. That's about the same time our school bus drops us off at our house.

"Are they still here?" Rita has just caught up to me. She's nearly out of breath.

"No," I tell her. There's a crack in my voice. "They're already gone."

Rita begins to cry.

"I didn't get to tell Marissa goodbye."

I wasn't the only one who lost someone today. Yes, I lost the girl of my dreams. But my sister Rita lost someone too. She lost her best friend in the whole world. She starts to cry. I feel compelled to do something I've never done before. I hold her in my arms. She clings to me tightly. I let her cry on my shoulder. I don't say a word. What can I say? What words could give her comfort?

Me quedo mirando al letrero 'Se Vende' en el patio. La troca de su papá ya no se encuentra en la entrada. Igual con el carro de su mamá. Hay un candado en la puerta principal.

He llegado demasiado tarde. Ya se ha ido. Cecilia se había ido temprano de la escuela esta mañana. Yo había hablado con ella brevemente, preguntándole a qué hora se irían a Los Ángeles. Ella dijo que su padre quería tomar camino antes de las cuatro. Es más o menos la misma hora que el camión nos deja en la casa.

—¿Todavía están aquí? —Rita acaba de llegar. Casi se le acaba el aire.

—No —le digo. Mi voz quiebra—. Ellos ya se han ido.

Rita comienza a llorar.

—Yo no pude decirle adiós a Marissa.

Yo no fui el único quien perdió a alguien hoy. Sí, he perdido a la chica de mis sueños. Pero mi hermana, Rita, ha perdido a alguien también. Ella ha perdido a su mejor amiga en todo el mundo. Ella empieza a llorar. Me siento obligado a hacer algo que nunca había hecho antes. Le doy un abrazo. Ella se aferra a mí con fuerza. La dejo llorar en mi hombro. No digo ni una palabra. ¿Qué puedo decir? ¿Qué palabras podría decirle para consolarla?

"I'm sorry, Max," she tells me as she wipes the tears from her eyes. "I know I teased you a lot. But I really did think you and Cecilia made a cute couple."

That's the kindest thing my sister has ever said to me. It doesn't make the pain go away. But it does make me smile. We were a cute couple.

Cecilia Cantu, I'll never forget you.

—Lo siento, Max —me dice mientras se seca las lágrimas de sus ojos—. Sé que te daba mucha carilla. Pero realmente pienso que tú y Cecilia hacían una linda pareja.

Eso es lo más amable que mi hermana me ha dicho en toda su vida. Esto no hace que el dolor desaparezca. Pero me hace sonreír. Éramos una linda pareja.

"Cecilia Cantú, yo nunca te olvidaré."

11
BLAST FROM THE PAST
UN TOQUE DEL PASADO

"She's so pretty," says a dreamy-eyed Leo.

"She's okay."

"Okay?" says Leo. "Are you blind, Max? She's beautiful."

I have to admit that the new girl in Mr. Valdera's art class is pretty, *very* pretty. She has wavy brown hair and green eyes. Those green eyes seem awfully familiar to me somehow. Have I met her before?

"She's looking at you, Max," says Leo. "Go say hi to her. I dare you."

—Ella es tan bonita —dice Leo soñando en las nubes.

—Ella está bien.

—¿Está bien? —dice Leo—. ¿Estás ciego, Max? Ella está hermosa.

Tengo que admitir que la nueva chica en la clase de arte del Señor Valdera es muy, *muy* bonita. Ella tiene el pelo rizado, color castaño y ojos verdes. Aquellos ojos verdes me parecen muy familiares por alguna razón. ¿La conozco de antes?

—Ella te está mirando a ti, Max —dice Leo—. Ve a saludarla. Te reto.

"No way," I tell him. What was Leo thinking? Cecilia has barely been gone for more than a week and he wants me to put the moves on the new girl? The nerve of this guy! Besides, technically speaking, Cecilia is still my girlfriend. We never officially broke up before she left.

"You're scared," teases Leo. "Little Robert is right about you, Max. You really are a great big chicken."

"I am not," I say in protest. "I'm just not going to cheat on Cecilia."

"Cecilia is gone, Max."

Leo just doesn't get it. Cecilia may be gone, but she's still in my heart. I can't just turn what I feel for her off and on as if it were a light switch. *Can I?* No, of course not!

"Cecilia probably has a new boyfriend already."

"No she doesn't."

"C'mon, Max. I bet every guy in LA wants to be her boyfriend."

"Take it back," I warn Leo.

"I'm just playing, Max."

"Well, don't play around like that. Not about Cecilia."

"Look, Max," says Leo. "All I'm saying is that Cecilia isn't coming back."

—De ninguna manera —le digo. ¿Qué estaba pensando Leo? Cecilia apenas se había ido no hace más de una semana. ¿Y quiere que coquetee con la chica nueva? ¡Pero que descarado es este tipo! Además, hablando técnicamente, Cecilia sigue siendo mi novia. Nunca rompimos oficialmente antes de que se fuera.

—Tienes miedo —se burla Leo—. Robertito tiene razón, Max. Realmente eres un cobarde.

—No lo soy —protesto—. Simplemente no voy a engañar a Cecilia.

—Cecilia ya se fue, Max.

Leo simplemente no entiende. Cecilia puede haberse ido, pero ella todavía vive en mi corazón. No puedo cambiar lo que siento por ella de repente, como si se tratara de un interruptor de luz. "¿O tal vez si podría?" ¡No, por supuesto que no!

—Cecilia probablemente ya tiene otro novio.

—No, no es verdad.

—Ándale, Max. Te apuesto que todos los chicos en Los Ángeles quieren ser su novio.

—Retira lo que has dicho —le advierto a Leo.

—Sólo estoy bromeando, Max.

—Pues, así no se juega. No cuando se trata de Cecilia .

—Oye, Max —dice Leo—. Lo único que estoy diciendo es que Cecilia ya no va a regresar.

"You don't know that."

"It's Los Angeles, Max. It's Hollywood! I wouldn't want to come back either. At some point, you're going to have to accept that she's gone and get over her."

Leo's right. I know he is. But it doesn't make it any easier.

"C'mon, Max, just go talk to her," he whispers to me. "You don't have to ask her to be your girlfriend. Just say hi to her."

"Fine," I tell him. "I'll do it just to get you off my back."

"That's my dawg," says Leo. "Go get her, Max."

I walk towards the new girl. I'm about to tap her on the shoulder to get her attention when she turns to look at me.

"What do you want?"

"Just to say hi," I tell her.

"I hear your buddy giggling over in the corner, Max. You're name is Max, right?"

I nod my head.

"He dared you to come and talk to me, didn't he?"

"You heard that?"

"Yes I did. You got something to say to me for real, or are you just here because of your silly little game?"

"I...I..." There goes that stuttering thing again. It happened with Cecilia, and now it's happening with this new girl too.

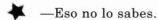 —Eso no lo sabes.

—Es Los Ángeles, Max. ¡Es Hollywood! Yo tampoco quisiera regresar. Tarde o temprano vas a tener que aceptar que se ha ido y olvidarla.

Leo tiene la razón. Yo también lo sé. Pero todo esto no lo hace más fácil de aceptar.

—Ándale, Max, sólo tienes que ir y hablar con ella —susurra en mi oreja—. No tienes que pedirle que sea tu novia. Sólo salúdala.

—Está bien —le digo—. Lo haré sólo para que me dejes en paz.

—Esa es mi chavo —dice Leo—. Ve por ella, Max.

Camino hacia la chica nueva. Estoy a punto de tocarla ligeramente en el hombro para llamarle la atención cuando ella se da vuelta para mirarme.

—¿Qué quieres?

—Sólo saludarte —le digo.

—Oigo a tu amigo riéndose allá en la esquina, Max. Tu nombre es Max, ¿verdad?

Le digo que sí.

—Él te ha retado a venir a hablar conmigo, ¿verdad que sí?

—¿Tú escuchaste eso?

—Sí. ¿Tienes algo que decirme de verdad, o sólo estás aquí por tu tonto jueguito?

—Yo...yo... —Otra vez empiezo a tartamudear. Me pasó con Cecilia, y ahora también me está sucediendo con esta chica nueva.

"I...I...what?" she asks me. Cecilia found it cute the way I would get all tongue tied, but this new girl sounds more annoyed by it.

"I just wanted to say hi. That's all."

"Because your buddy over there dared you to, right?" she says.

"No," I tell her. I was starting to get a bit annoyed myself. "I just wanted to say hi to you because you're new here."

"And you figured I needed a friend? Listen, I've got plenty of friends at my old school. I don't need new ones."

"Fine," I tell her. "Sorry I even tried to be nice to you."

"Besides, the fact is that we're not strangers," she adds. "You already know me."

"I do?" I knew she looked familiar.

"You don't remember me, do you?"

I have no idea who this girl is. I watch a mischievous grin form on her lips. She raises her hand to get the attention of Mr. Valderas.

"Mr. Valderas," she calls out not taking her eyes off me once. "This boy is bothering me."

Bothering her? What is she talking about?

"Max," says Mr. Valderas. "Leave her alone."

"What? But I didn't do anything."

★　—Yo...yo...¿qué? —me pregunta. A Cecilia le parecía lindo
como se me trababa la lengua, pero a esta chica nueva más bien
le molesta.

—Yo sólo quería saludarte. Eso es todo.

—Nomás porque tu amiguito te retó, ¿qué no? —me dice.

—No —le digo. Ya yo me estaba molestando un poco—. Yo
sólo quería saludarte, porque eres nueva aquí.

—¿Y pensaste que necesitaba un amigo? Escúchame bien.
Tengo muchos amigos en mi escuela vieja. Y no necesito nuevos
amigos.

—Bien —le digo—. Siento haber tratado de ser amable
contigo.

—De hecho no somos extraños —añadió ella—. Tú ya me
conoces.

—¿Te conozco? —Yo sabía que ella tenía algo familiar.

—Tú no te acuerdas de mí, ¿verdad?

No tengo ni una idea quién es esta chica. Veo una sonrisa
pícara formándose en sus labios. Ella levanta la mano para
llamarle la atención al señor Valderas.

— Señor Valderas —ella dice en voz alta sin quitarme los
ojos de encima—. Este joven me está molestando.

"¿Molestándola? ¿De qué está hablando?"

—Max —dice el señor Valderas—. ¡Déjala en paz!

—¿Qué? Pero yo no le hice nada.

"He told me I was ugly."

"I did not!"

"He also called me a bad word. It's so bad that I can't even repeat it."

"What?"

"I can write it down for you," she says. She quickly scribbles on a piece of paper and walks over and hands it to Mr. Valderas. Why is she getting me in trouble?

"Go to the office right now," says Mr. Valderas after he reads the note. Is he serious? Does he actually believe her?

"But I didn't tell her anything!"

—Él me dijo que yo era fea.

—¡Yo no hice eso!

—También me dijo una mala palabra. Es tan mala que ni siquiera puedo repetirlo.

—¿Qué?

—Puedo escribirla si gusta —dice ella. Rápidamente garabatea en un pedazo de papel y se acerca y se lo entrega al señor Valderas. ¿Por qué me está metiendo en apuros?

—Vete a la oficina en este momento —dice el señor Valderas después de leer la nota. ¿Esto es en serio? ¿Él realmente le cree?

—¡Pero yo no le dije nada!

12

WHY ARE YOU TORMENTING ME?
¿POR QUÉ ME ATORMENTAS?

"Why did you do that? Why did you lie to Mr. Valderas?" The new girl just looks at me and smiles.

"Did you get in trouble?"

"Yes," I say angrily. "I got morning detention because of you."

"Is that all?" she asks. She sounds disappointed.

"Is that all? What did you want them to do to me?" I ask. "Did you want them to suspend me?"

"You're kind of cute when you get mad," she tells me.

—¿Por qué hiciste eso? ¿Por qué le dijiste mentiras al señor Valderas? —La chica nueva solamente me mira y se sonríe.

—¿Te metiste en un aprieto?

—Sí —le digo con ira—. Tengo detención por tu culpa.

—¿Es todo? —pregunta. Se oye media desilusionada.

—¿Qué si es todo? ¿Qué hubieras querido que me hicieran? —pregunto—. ¿Querías que me suspendieran?

—Te ves muy lindo cuando te enojas —me dice.

"Why are you being so mean to me? All I did was say hi. I was trying to be nice to you."

"Sure you were, but only because your buddy dared you to. Besides, I haven't forgotten what you did."

"What did I do?"

"Don't pretend like you don't know."

"Don't know what?" I'm exasperated at this point so my voice comes out louder than I meant it to.

"Don't you yell at me," she warns. She raises her hand to get the attention of a teacher standing down the hallway.

"Fine, fine, I'm sorry, okay? I didn't mean to raise my voice at you."

"You better be sorry."

Why is she so mean to me?

"Look, I don't know what exactly you think I did to you. But if you want me to say I'm sorry, then fine. I'll say it."

"Go ahead then."

"Go ahead what?"

"Say it."

"Say what?"

"That you're sorry."

"I'm sorry, okay?"

"I don't believe you."

She is so infuriating!

—¿Por qué eres tan mala conmigo? Todo lo que hice fue saludarte. Yo estaba tratando de ser amable contigo.

—Claro que sí, pero sólo porque tu amiguito te había retado. Además, yo no he olvidado lo que hiciste.

—¿Qué hice?

—No te hagas como que no lo sabes.

—¿Qué no sé de qué? —Estoy desesperado y por eso mi voz sale más fuerte de lo que hubiera querido.

—No me estés gritando —me advierte. Ella levanta la mano para llamar la atención de un maestro que está parado en el pasillo.

—Está bien, está bien, lo siento, ¿de acuerdo? Yo no tenía la intención de elevar mi voz.

—Es mejor que lo lamentes.

¿Por qué me está atormentando?

—Mira, yo no sé qué es exactamente lo que crees que te hice. Pero si quieres que te pida perdón, está bien. Lo voy a hacer.

—Adelante, entonces.

—Adelante, ¿qué?

—Dilo.

—¿Qué diga qué?

—Que lo sientes.

—Lo siento, ¿ya?

—Yo no te lo creo.

¡Ella me enfurece!

"You...you...you..." I remember that I don't even know her name yet. "What's your name anyway?"

"Why?"

"So I know what name to call you."

"Paloma."

"You've got to be kidding me." Paloma is the Spanish word for dove, which is a symbol of peace. It hardly fits her. She is the living personification of el Diablo—the devil.

"You have a problem with my name?" She's already raising her hand again to get the attention of the teacher standing in the hallway.

"No," I say quickly. "It's a beautiful name." Paloma stares at me suspiciously.

"Are you hitting on me?"

"No!" *This girl is insane!*

Paloma glares at me. "You want to know why I give you such a hard time, Max?"

"Yes."

"You really want to know?"

"Yes!"

"Because this past summer you stole my mask!"

"I stole your what?"

"You stole my mask Max, and not just any mask. You stole my Guardian Angel mask."

—Tú...tú...tú... —Me acuerdo que ni siquiera sé su nombre—. ¿Cómo es que te llamas?

—¿Por qué?

—Así sabré qué nombre llamarte.

—Paloma.

—¿Tienes que estar bromeando? —Paloma es la palabra que simboliza la paz. Y aquí esta enfureciéndome. Ella es más bien la personificación auténtica del Diablo.

—¿Tienes algún problema con mi nombre? —Ella ya vuelve a levantar la mano para conseguir la atención del maestro parado en el pasillo.

—¡No! —le digo rápidamente—. Es un nombre muy bonito. —Paloma me mira sospechosamente.

—¿Estás coqueteando conmigo?

—¡No! "—¡Esta chica está pero bien loca!"

Paloma me mira. —¿Quieres saber por qué te doy tanta carrilla, Max?

—Sí.

—¿De veras quieres saber?

—¡Sí!

—¡Debido a que el verano pasado me robaste mi máscara!

—¿Yo te robe qué?

—Tú me robaste mi máscara, y no cualquier máscara. Te robaste mi máscara del Ángel de la Guarda.

Did she just say her Guardian Angel mask? Could it be? This can't be the same girl from the lucha libre show this past summer? That's when I notice her green eyes—they glow like a cat's. It's her!

"I'm sorry."

"Not yet you aren't," says Paloma grinning. There is something about her grin that is very scary.

"You look cute when you're scared," she tells me.

What's she up to now?

"You're very cute, but in a goofy sort of way."

Okay, I'm confused now. First she hates me and now she thinks I'm cute.

"What about me, Max?"

"What about you?"

"Do you think I'm pretty?"

"What?" I'm scared to answer her. If I say the wrong thing, she's liable to get me in trouble again.

"So? Do you think I'm pretty, Max?"

"I...I think you're sort of pretty."

"That's so sweet of you to say, Max."

She pinches both my cheeks and adjusts my glasses. She gets so close that for a minute I think she's going to kiss me! Suddenly she turns around and screams for the teacher at the end of the hallway.

"This boy called me a bad word!"

★ ¿No pude creer lo que me acaba de decir que esa era su máscara del Ángel de la Guarda? ¿Podría ser cierto? ¿Ella no puede ser la misma chica de la contienda de lucha libre el verano pasado? Ahí mismo es cuando me fijo bien en sus ojos verdes que brillan como los de una gata. ¡Es ella!

—Lo siento.

—No, todavía no lo estás —dice Paloma sonriendo. Hay algo en su sonrisa que da miedo.

—Te ves lindo cuando estás asustado —me dice.

¿ Ahora qué estará tramando?

—Eres muy lindo, pero de una manera media torpe.

Híjole, ahora sí que estoy confundido. Primero me odia y ahora piensa que soy guapo.

—¿Y yo que, Max?

—¿Cómo que y tú qué ?

—¿Crees que soy bonita?

—¿Qué? —Tengo miedo responderle. Si digo algo mal, ella es capaz de volverme a meter en problemas.

—¿Entonces qué? ¿Crees que soy bonita, Max?

—Yo...yo pienso que tienes algo de bonita.

—¡Qué dulce eres!, Max.

Ella me pellizca las dos mejillas y ajusta mis lentes. ¡Se acerca tanto que por un momento pienso que me va a besar! De repente se da la vuelta y le grita al maestro al final del pasillo.

—¡Este chico me dijo una mala palabra!

13
RETURN TO SAN ANTONIO
★ ★ ★ ★ ★ ★
REGRESO A SAN ANTONIO

"Are we there yet?" asks my brother Little Robert for the twentieth time.

"Not yet," says Marisol rolling her eyes. This is the first time Lalo—her new husband and my uncle—has ever fought for a lucha libre championship. All the big stars are going to be there: Caveman Galindo, Heavy Metal, the Mayan Prince, even la Dama Enmascarada! I can't wait.

The trip has not set well with Marisol. Halfway through the four-hour drive, she began to feel nauseous. We had to stop three times so that she could use the restroom. For some reason, this has caused my mom to eye Marisol suspiciously.

—¿Ya llegamos? —pregunta mi hermanito, Robert, por la vigésima vez.

—Todavía no —dice Marisol haciendo ojos. Esta es la primera vez que Lalo, su nuevo marido y mi tío, van a luchar por el campeonato de la lucha libre. ¡Todas las grandes estrellas van a estar allí: El Cavernícola Galindo, Heavy Metal, el Príncipe Maya, ¡incluso la Dama Enmascarada! Ya no aguanto la espera.

El viaje ha sido una miseria para Marisol. A mediados del viaje de cuatro horas, comenzó a sentir náuseas. Tuvimos que parar tres veces para que ella pudiera ir al baño. Por alguna razón, esto ha causado que mi mamá observe sospechosamente a Marisol.

What makes this trip especially monumental is that I get to see my tío Rodolfo in action again. *And* that we are driving to San Antonio in our family's new car. That's right, I said **NEW** car.

Don't misunderstand me. Old Ironsides is still waiting for me at home. She is still my burden to bear when I got old enough to drive. But Mom finally nagged Dad enough to convince him that Old Ironsides would no longer be our main method of transportation. But Dad made it abundantly clear that trading in Old Ironsides was not an option.

Tío Rodolfo (aka the Guardian Angel) had offered to fly us to San Antonio, but Mom refused to get on a plane. "There's no way I'm going to get in one of those things!"

Dad's new ride is a slick four-door blue Monte Carlo that is large enough to fit all of us.

"Are we there yet?"

"You better stop asking that question," my mom warns him.

"I'm just asking because I can see tío Rodolfo's picture already."

⭐ Lo que hace este viaje especialmente monumental es que voy a volver a ver a mi tío Rodolfo en acción. Y que estamos viajando a San Antonio en el carro nuevo de nuestra familia. Así es, sí dije carro **NUEVO**.

No me entiendan mal. La Vieja Locomotora todavía me espera en casa. Ella sigue siendo mi carga que tendré que manejar cuando llegue a la edad adecuada. Pero mamá fastidió bastante a papá como para convencerlo de que la Vieja Locomotora ya no sería nuestro método principal de transportación. Pero papá dijo claramente muy claro que no se iba a deshacer de la Vieja Locomotora.

Tío Rodolfo (también conocido como el Ángel de la Guarda) se había ofrecido a llevarnos en avión a San Antonio, pero mamá rehusó subirse a un avión. —¡No hay ninguna manera de que yo me meta a una de esas maquinas!

El nuevo carro de papá es un Monte Carlo azul, suave y de cuatro puertas, que es lo suficientemente grande para caber todos.

—¿Ya llegamos?

—Será mejor que dejes de hacer esa pregunta —mi mamá le advierte.

—Sólo estoy preguntando porque ya puedo ver la foto del tío Rodolfo.

"Look," I cry out. "Little Robert is right." There's a giant billboard featuring the Guardian Angel. The upcoming tag team fight with Heavy Metal and King Scorpion is being heralded as the greatest fight in lucha libre history.

"That's the biggest billboard I've ever seen," says my dad. "Plus look at Rodolfo!"

My mother's eyes fix on the billboard. She doesn't say a word, but I notice a tiny smile creep up on her face. It lasts just a second, instantly replaced by her usual tight-lipped expression. When tío Rodolfo left our hometown of Rio Grande City, he set out to conquer the world. In bringing the Guardian Angel to life, he has done just that. He became the greatest luchador in the world. She might never chant his name as he makes his way down to the ring, but Mom is proud of him.

—Mira —grito yo—. Robertito tiene toda la razón. —Hay una cartelera gigantesca destacando al Ángel de la Guarda. El próximo encuentro de Tag Team entre Heavy Metal y Rey Escorpión se anuncia como la mejor pelea en la historia de la lucha libre.

—Ese es el cartel más grande que he visto en mi vida —dice mi padre—. ¡Además, mira a Rodolfo!

Los ojos de mi madre se fijan en la cartelera. Ella no dice ni una palabra, pero me doy cuenta de una sonrisita que se le forma en la cara. Solamente dura un segundo e inmediatamente es reemplazada por su expresión acostumbrada con los labios apretados. Cuando tío Rodolfo dejó nuestra ciudad de Rio Grande, se dispuso a conquistar el mundo. En darle vida al Ángel de la Guarda, él ha hecho precisamente eso. Se convirtió en el luchador más grande del mundo. Ella tal vez nunca podrá cantar su nombre mientras él hace su camino al cuadrilátero, pero mamá está orgullosa de él.

14

VIPS
★ ★ ★ ★ ★ ★ ★
VIPS

"VIP's coming through," screams Little Robert as we make our way down the hallway to where the Mayan Prince and the Jalisco Lightning bolt will be signing autographs. Little Robert and I have gotten autographs from the Ultimate Dragon, Chicano Power and the acrobatic tag team known as the Masked Marvels.

"**YOU!**" I hear a voice suddenly cry out from behind me. I turn and find myself looking into the eyes of none other than Paloma herself. What is up with this girl? Is she stalking me or what?

—VIP's vienen llegando —grita Robertito mientras abrimos camino por el pasillo hasta donde el Príncipe Maya y el Rayo de Jalisco estarán firmando autógrafos. Robertito y yo ya tenemos autógrafos del Dragón Máximo, Poder Chicano y el equipo Tag acrobático conocido como las Maravillas Enmascaradas.

—¡**TÚ**! —Oigo una voz de repente gritar detrás de mí. Me doy vuelta y me encuentro mirando directamente a los ojos de nadie más que de la mismísima Paloma. ¿Qué pasa con esta chica? ¿Me estará acechando o qué?

"Me?" I ask. "Don't you mean what are **YOU** doing here?"

"I have one of these," she tells me as she flashes her backstage all-access pass. "This area is VIPs only."

"We got one too," says Little Robert. He flashes Paloma his own VIP badge pinned to his shirt.

"Who could you possibly know that could get you backstage passes?" she asks me with a sneer. "I got my pass because I have connections."

"You got connections? Oh, please. Who could you possibly know?"

"Somebody very important," she assures us.

"Not as important as who we know," says Little Robert. "Our uncle is..."

"Don't!" I yell at Little Robert. "Don't tell her anything. It's a secret, remember?"

Little Robert covers his mouth. He almost blurted out our family secret!

Paloma looks intrigued.

"Your uncle?" she asks. "And just who is your uncle?"

"Never mind," I tell her. "Let's go, Little Robert."

"C'mon, Maxi Pooh, you can tell me."

Did she just call me Maxi Pooh? All of a sudden I am Maxi Pooh? This girl is crazy!

110

—¿Yo? —pregunto—. ¿No querrás decir qué estás haciendo
TÚ aquí?

—Tengo uno de éstos —me dice mientras me muestra su
pase de acceso total a los camerinos—. Esta área es solamente
para los VIPS.

—Nosotros tenemos uno también —dice Robertito. Él le
muestra a Paloma su propio pase distintivo de VIP que lleva
prendido en su camisa.

—¿A quién podrías conocer para que te dieran pases de
camerinos? —me pregunta con una sonrisa burlona—. Yo tengo
mi pase porque tengo conexiones.

—¿Tienes conexiones? Oh, por favor. ¿A quién podrías
conocer tú?

—Alguien muy importante —nos asegura.

—No es tan importante como al que nosotros conocemos
—dice Robertito—. Nuestro tío es...

—¡No! —le grito a Robertito—. No le digas nada. Es un
secreto. ¿Recuerdas?

Robertito se tapa la boca. ¡Casi revela nuestro secreto
familiar!

Paloma se ve intrigada.

—¿Tu tío? —pregunta—. ¿Y quién es tu tío?

—No importa —le digo—. Vámonos, Robertito.

—Ándale, Maxi Pooh, tú me puedes decir.

"¿Me acaba de llamar Maxi Pooh? ¿De repente soy Maxi
Pooh? ¡Esta chica está loca!"

"You can trust me, Max. Didn't you say you wanted to be my friend?"

Don't fall for it, Max. It's a trick. She is only being nice to you so she can get what she wants.

As soon as she sees that I'm not buying her act, she turns her attention to Little Robert.

"Are you Max's little brother?"

I see how it is. She couldn't get me to talk so now she is going after easier prey.

"Don't tell her anything, Little Robert."

"They call you Little Robert? That is so adorable," she says. "But not as adorable as you are." She begins to twirl Little Robert's hair with her right hand. "You can tell me, can't you?"

"Don't you dare, Little Robert," I warn him. My little brother looks like he is ready to crack. I knew it wasn't a good idea for him to be let in on the family secret!

"The Guardian Angel is our great uncle!"

"Little Robert!" But it's too late. That's my little brother Robert for you. Not even old enough to like girls yet and already a sucker for a pretty face.

"The Guardian Angel?" questions Paloma. "You're lying!"

"That's right," I tell her. "It's a great big lie."

—Puedes confiar en mí, Max. ¿No dijiste que querías ser mi amigo?

"No caigas en la trampa, Max. Es un truco. Ella solamente se está portando tan amable contigo para obtener lo que quiere."

Tan pronto se da cuenta que no le creó ni una palabra, que luego le da toda su atención a Robertito.

—¿Eres el hermano pequeño de Max?

Ya veo como es. No pudo hacerme hablar por lo tanto ahora ella va detrás de una víctima más complaciente.

—No le digas nada, Robertito.

—¿Te dicen Robertito? ¡Qué adorable —dice ella—. Pero no tan adorable como lo eres tú. —Ella comienza a enroscar un mechón de pelo de Robertito con su mano derecha—. Tú me puedes decir, ¿Verdad que sí?

—Ni se te ocurra, Robertito —le advertí. Mi hermano pequeño parece que está dispuesto a divulgar todo. ¡Yo sabía que no era buena idea decirle el secreto familiar a Robertito!

—¡El Ángel de la Guarda es nuestro tío!

—¡Robertito! —Ya es demasiado tarde. Ahí tienes a mi hermanito Robertito. Ni siquiera tiene la edad suficiente para que le gusten las chicas y ya está hecho un bobo por cualquier cara bonita.

—¿El Ángel de la Guarda? —Paloma duda—. ¡Mientes!

—Así es —le digo—. Es una gran mentira.

"No it's not," says Little Robert.

"Hush!"

"But the Guardian Angel *is* our great uncle. And...and... he's not the only uncle we have who is a luchador."

"There's more?" asks Paloma. "Who else are you related to?"

Little Robert is about to spill yet another family secret to Paloma. I have to stop him!

"Mom is looking for you guys." It's Rita. *Saved just in the nick of time!*

"You go to our school, don't you?" Rita asks Paloma when she sees her.

"I just started this week actually. I transferred from a town called Hidalgo. I'm in your brother's art class."

"I knew you looked familiar," says Rita.

"I love the way you dance, by the way," says Paloma. "I saw you in Mrs. Miller's dance class. I wish someday I can dance as well as you do."

Now she is kissing up to my sister Rita? This girl is unbelievable! What's more, the smile on my sister's face tells me that she is falling for it!

"So you and my brother Max are friends?"

"You could say that," says Paloma. "I think your brother Max wants to be more than just friends, however."

—No, no lo es —dice Robertito.

—¡Cállese!

—Pero el Ángel de la Guarda sí es nuestro tío. Y...y...él no es el único tío que tenemos que es un luchador de verdad .

—¿Hay más? —pregunta Paloma—. ¿Quién más es tu pariente?

Robertito está a punto de divulgar otro de nuestros secretos familiares a Paloma. ¡Tengo que detenerlo!

—Mamá los anda buscando. —Es Rita. "¡Salvados a puro tiempo!"

—Tú vas a nuestra escuela, ¿verdad? —le pregunta a Paloma cuando la ve.

—Acabo de empezar esta semana. Me mudé de un pueblo llamado Hidalgo. Estoy en la clase de arte de tu hermano.

—Sabía que me parecías conocida —dice Rita.

—A propósito, me encanta tu forma de bailar —dice Paloma—. Te vi en la clase de baile de la señora Miller. Ojalá algún día pueda bailar tan bien como tú.

¿Ahora está de lambiscona con mi hermana, Rita? ¡Esta chava es increíble! Lo que es más, la sonrisa en la cara de mi hermana me dice que ella le está creyendo todo lo que dice ésta!

—¿Así que tú y mi hermano Max son amigos?

—Sí, podrías decir eso —dice Paloma—. Pero creo que tu hermano Max quiere ser algo más que amigos.

"Really?"

"That's not true!"

"Please, Max," says Paloma smiling. "Weren't you just this past week telling me that you thought I was pretty?"

"That's not true!"

"Did you tell her she was pretty, Max?" asks Rita.

"Well..."

"Did you?"

"I did, but I didn't mean it."

"So you were just playing with my feelings then," Paloma says, pretending to get teary-eyed. *What an actress!*

"That's terrible, Max," says Rita. "How could you be so mean to this poor girl?"

"My first week of school and already a boy has gone and broken my heart," declares Paloma dramatically.

Great! Now Rita *and* Paloma are both picking on me.

"I would never break your heart," says Little Robert.

"I know *you* wouldn't," says Paloma. She pinches Little Robert's cheeks and kisses him on his forehead. The glazed look on Little Robert's eyes says it all. He's in love.

"Mom wants you and Little Robert to meet her at the concession stand," says Rita.

"I'm not hungry," I tell her. "Plus I want to go and get the Mayan Prince's autograph."

"I want to stay with Max," says Little Robert.

"Mom bought hot dogs."

116

—¿En serio?

—¡Eso no es cierto!

—Por favor, Max —dice Paloma sonriendo—. ¿No estabas diciendo sólo la semana pasada que pensabas que yo era bonita?

—¡Eso no es cierto!

—¿Le dijiste que era bonita, Max? —pregunta Rita.

—Bueno...

—¿Lo dijiste o no?

—Lo dije, pero yo no quise decir eso.

—Así que solamente estabas jugando con mis sentimientos —dice Paloma, pretendiendo tener los ojos llorosos. "¡Qué actriz!"

—Eso es terrible, Max —dice Rita—. ¿Cómo puedes ser tan cruel con esta pobre chica?

—Mi primera semana de clases y ya un chico me ha destrazado el corazón —declara Paloma dramáticamente.

¡Fantástico! Ahora Rita y Paloma me están molestando.

—Yo nunca te destrozaría el corazón —declara Robertito.

—Sé que no lo harías —dice Paloma. Ella le pellizca las mejillas a Robertito y lo besa en la frente. La mirada vidriosa en los ojos de Robertito lo dice todo. Él está enamorado.

—Mamá quiere que tú y Robertito se encuentren en el mostrador de concesiones —dice Rita.

—No tengo hambre —le digo—. Además, quiero ir a buscar el autógrafo del Príncipe Maya.

—Y yo quiero quedarme con Max —añade Robertito.

—Mamá compró perros calientes.

The mention of hotdogs makes Little Robert's eyes light up. He takes off running. His next stop is sure to be the vendor concession stand.

"Nice meeting you," says Rita as she takes off after him.

"So, Max?" asks Paloma. "Are you feeling particularly brave right about now?"

"Why?"

"Do you want to do something really crazy?"

There is something about the way Paloma says the word **CRAZY** that truly frightens me. Whatever she has in mind, it can't be good.

"What do you mean?"

"Let's steal a lucha libre mask from one of the dressing rooms."

Steal a lucha libre mask? This girl is out of her mind!

El mencionar los perros calientes hace que los ojitos de Robertito se iluminen. Él sale corriendo. Su próxima parada es de seguro el mostrador de concesiones.

—Fue un placer conocerte —dice Rita mientras se va detrás de él.

—¿Entonces, Max? —pregunta Paloma—. ¿Te sientes especialmente valiente en este instante?

—¿Por qué?

—¿Quieres hacer algo bien loco?

Hay algo en la manera que Paloma dice la palabra **LOCO** que de verdad me asusta. Lo que sea que trae en la mente, no puede ser bueno.

—¿Qué quieres decir?

—Vamos a robarnos una máscara de la lucha libre de uno de los camerinos.

"¿Robar una máscara de la lucha libre?" ¡Esta chica está bien safada.

15
BEGGING FOR TROUBLE
★ ★ ★ ★ ★ ★ ★
METIÉNDOSE EN LÍOS

"This is crazy," I tell Paloma. Don't ask me how she did it, but she talked me into sneaking into one of the dressing rooms.

"There it is!"

"There's what?" I ask Paloma.

"What we came for," she tells me as she reaches for a lucha libre mask hanging from a dresser mirror. "And it's a nice one." She holds the mask up for me to see. My jaw drops.

—Esto es una locura —le digo a Paloma. No me preguntes cómo lo hizo, pero ella me convenció que nos metiéramos a las escondidas a uno de los camerinos.

—¡Allí está!

—¿Allí esta qué? —le pregunto a Paloma.

—Lo que vinimos a buscar —me dice, mientras agarra una máscara de lucha libre que cuelga de un espejo del tocador—. Y es una muy padre. —Ella alza la máscara cerca de mí para que yo la viera. Se me cae la baba.

"Put it back!" I instantly recognize that golden mask with the embroidered pink heart. It belongs to la Dama Enmascarada. We're in la Dama Enmascarada's dressing room!

"We need to get out of here before she gets back and we get caught."

"We aren't going to get caught, Max."

"Please, I'm begging you, Paloma. Put the mask back and let's go. I don't want us to get in trouble." Sonia Escobedo (la Dama Enmascarada) is a friend, but to get caught sneaking into her dressing room and trying to steal her mask will for sure test that friendship.

"You don't want me to get in trouble," says Paloma. "Does that mean you care about me, Maxi Pooh?"

"No," I tell her. "I said I didn't want **US** to get in trouble!"

"Us," questions Paloma. "So now we're an item?"

"No!"

"So then you don't care about me?"

"I didn't say that?"

"So then you do care about me?"

—¡Regrésala! —En ese instante reconozco la máscara de oro bordada con un corazón color rosa. Le pertenece a la Dama Enmascarada. ¡Estamos en el camerino de la Dama Enmascarada!

—Tenemos que salir de aquí antes de que regrese y nos agarren.

—No nos van a agarrar, Max.

—Por favor, te lo ruego, Paloma. Regresa la máscara a su lugar y vámonos de aquí. No quiero que nos metamos en problemas. —Sonia Escobedo (la Dama Enmascarada) es una amiga, pero si nos encuentran escondidos en su camerino y tratando de robarnos su máscara, de seguro va a poner a prueba esa amistad.

—No quieres que me meta en problemas —dice Paloma—. ¿Eso significa que te preocupas por mí, Maxi Pooh?

—No —reniego—. ¡Dije que no quería que **NOS** metiéramos en problemas!

—Nosotros —cuestiona Paloma—. ¿Así que ahora somos una pareja?

—¡No!

—¿Entonces no te preocupas por mí?

—¿No he dicho eso?

—¿Entonces sí te preocupas por mí?

"I didn't say that either."

"So what are you saying, Max?"

"I don't know what I'm saying anymore! You're confusing me."

That's when it happens. Paloma leans over and kisses me on the lips. I am completely taken by surprise. *What's she doing? Why is she kissing me?* But then something unexpected happens. Don't ask me why, but I kiss her back.

—No he dicho eso tampoco.

—Entonces, ¿qué estás diciendo, Max?

—¡Ya no estoy seguro de lo que estoy diciendo! Me estás confundiendo.

En ese momento es cuando sucede. Paloma se inclina y me besa en los labios. Me toma completamente por sorpresa. "¿Qué está haciendo? ¿Por qué me ha besado?" Pero entonces sucede algo inesperado. No me preguntes por qué, pero le devolví el beso.

16
BUSTED
DESCUBIERTOS!

"Am I interrupting something?"

WE ARE SO BUSTED!

Standing in front of us is Sonia Escobedo, la Dama Enmascarada, dressed in her lucha libre attire, minus her mask.

"He kissed me," says Paloma pushing me away.

"No I didn't," I tell Sonia. "She kissed me."

"You wish," says Paloma. "Why would I want to kiss somebody as ugly as you?"

—¿Interrumpo algo?

¡NOS HAN DESCUBIERTO!

Parada frente a nosotros está Sonia Escobedo, la Dama Enmascarada, vestida con su traje de lucha libre, menos su máscara.

—Él me besó —dice Paloma y me empuja lejos.

—No es cierto —le digo a Sonia—. Ella me besó a mí.

—Ya quisieras —dice Paloma—. ¿Por qué iba yo querer besar a alguien tan feo como tú?

"But you did kiss me."

"No I didn't!"

Sonia stares at me for a moment.

"So, this here little boy kissed you?"

Little boy? Did Sonia just call me a little boy? Why is she acting like she doesn't know me?

"Yes he did," says Paloma. "I was just standing here minding my own business in your dressing room when he barged in and kissed me."

"Why did you kiss my niece, young man?"

"Your what?"

"My niece," repeats Sonia rather sternly.

I'm stunned. I had no idea that Paloma was the niece of la Dama Enmascarada!

"Well, I'm waiting for an answer," says Sonia. "Why were you kissing my niece?"

"I...I...I wasn't." There goes that stuttering thing again. It happens to me every time I get nervous. "She...she was kissing me."

"Not according to my niece," says Sonia. "Paloma said that you barged into my dressing room and stole a kiss from her."

"He also tried to steal your mask."

"That's attempted theft, young man," warns la Dama Enmascarada. "If what she says is true then what you tried to do is commit a crime."

—Pero tú me besaste.

—¡No, no lo hice!

Sonia se me queda mirando por un momento.

—¿Así que este chamaco te besó?

"¿Chamaco? ¿Sonia acaba de llamarme un chamaco? ¿Por qué está pretendiendo como si no me conociera?"

—Sí, lo hizo —dice Paloma—. Yo solamente estaba parada aquí en su camerino, sin molestar a nadie, cuando él entró y me besó.

—¿Por qué besaste a mi sobrina, joven?

—¿A quién?

—A mi sobrina —repite Sonia seriamente.

Estoy aturdido. ¡No tenía ni una idea de que Paloma era la sobrina de la Dama Enmascarada!

—Bueno, estoy esperando una respuesta —dice Sonia—. ¿Por qué estabas besando a mi sobrina?

—Yo...yo...yo no lo hice. —Otra vez empiezo con la tartamudez. Me pasa cada vez que me pongo nervioso—. Ella... ella fue la que me besó.

—Según mi sobrina no es así —dice Sonia—. Paloma dijo que tu entraste a mi camerino y le robaste un beso.

—También trató de robarle su máscara.

—Eso se llama 'intentó de robo' joven —advierte La Dama Enmascarada—. Si lo que dice ella es cierto, entonces lo que trataste de hacer es cometer un delito.

"A crime?"

"Yes sir, a crime," declares Sonia. "Do you think you can just walk up to any pretty girl you see and steal a kiss without her consent? Do you think you can just steal a luchadora's mask?"

"No," I tell her.

"Well, according to my niece that is exactly what you were up to."

"But...but I wasn't."

"We'll just have to let the police figure it out," says Sonia.

"Police?" questions Paloma. "You're going to call the police, tía?" She looks startled. "Why do you have to call the police?"

"This young man wanted to commit a crime, Paloma. He must be punished to the fullest extent of the law."

"But I didn't do anything!"

"According to my niece, you did plenty, young man," says Sonia. "Why don't you wait outside for a moment, Paloma," says Sonia. "I need to have a word with this wannabe Romeo before I call the police."

I'm in trouble now. If ever there was a time for the Guardian Angel to make a daring last-minute rescue, this was it. I watch as Paloma leaves the dressing room. She looks back at me, hesitant, as if she's unsure of what to do next.

—¿Un delito?

—Sí, señor, un delito —afirma Sonia—. ¿Crees que puedes acercarte a cualquier chica bonita por ahí y robarle un beso sin su consentimiento? ¿Crees que te puedes robar una máscara de luchadoras?

—No —le digo.

—Bueno, según mi sobrina eso es exactamente lo que estabas haciendo.

—Pero...pero yo no lo hice.

—Vamos a tener que dejar que la policía resuelva todo esto —dice Sonia.

—¿Policía? —pregunta Paloma—. ¿Vas a llamar a la policía, tía? —Ella se ve sorprendida—. ¿Por qué tienes que llamar a la policía?

—Este joven quería cometer un crimen, Paloma. Debe ser castigado con todo el rigor de la ley.

—¡Pero yo no hice nada!

—Según lo que dice mi sobrina, has hecho mucho, jovencito —dice Sonia—. ¿Por qué no te esperas afuera por un momento, Paloma? —dice Sonia—. Tengo que hablar con este tipo pretendiendo ser Romeo antes de que llame a la policía.

Ahora sí estoy metido en un problema. Si alguna vez hubiera una oportunidad para que el Ángel de la Guarda hiciera un rescate bravo al último momento, esta era su oportunidad. Observo mientras Paloma abandona el camerino. Ella me mira vacilante, como si estuviera insegura de qué hacer ahora.

"Is there something you need to tell me, Paloma?" asks Sonia.

Paloma stands outside the doorway. For a minute, I think she might come clean and tell her aunt the truth.

"No," she whispers closing the dressing room door.

"I swear, Sonia, she kissed me."

"I believe you, Max."

"You do?"

"I know you're a good kid, Max, and I also know that my niece has a problem with telling the truth. I just want her to realize that not telling the truth can have dire consequences."

"So you aren't going to call the police?"

"Of course not, Max," says Sonia.

That's a relief. I have to admit that I was worried there for a while.

"My niece likes you, Max."

"Likes me? Paloma doesn't like me. All she does is tease me at school and tell lies that get me in trouble." My words make Sonia laugh out loud.

"I think it's cute that my niece is so sweet on you, Max," says Sonia. "But I have to warn you."

—¿Hay algo que tienes que decirme, Paloma? —pregunta Sonia.

Paloma se encuentra fuera de la puerta. Por un momento, creo que ella podría salvarme y decirle a su tía toda la verdad.

—No —ella susurra y cierra de la puerta del camerino.

—Te lo juro, Sonia, ella me besó.

—Te creo, Max.

—¿En serio?

—Yo sé que eres un buen chico, Max, y también sé que mi sobrina tiene un problema con admitir la verdad. Sólo quiero que se dé cuenta que no decir la verdad puede tener graves consecuencias.

—¿Así que no vas a llamar a la policía?

—Por supuesto que no, Max —dice Sonia.

Eso es un alivio. Tengo que admitir que estaba preocupado por un rato.

—Le gustas a mi sobrina, Max.

—¿Le gusto? Yo no le gusto a Paloma. Lo único que hace es burlarse de mí en la escuela y decir mentiras que me meten en problemas. —Mis palabras hacen reír a Sonia a carcajadas.

—Creo que es lindo que mi sobrina es tan dulce contigo, Max —dice Sonia—. Pero tengo que advertirte.

"Warn me about what?"

"If you break my niece's heart, I will crush you like a grape," she says smiling. Sonia gives me a kiss on the cheek. Was that kiss meant as a show of affection or was she marking me for potential death?

"Don't call the police," screams Paloma as she bursts into her aunt's dressing room.

"It was me, tía," she confesses. "I did it! I kissed Max!"

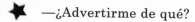 —¿Advertirme de qué?

—Si le quiebras el corazón a mi sobrina, yo te aplastaré como una uva —dice sonriendo. Sonia me da un beso en la mejilla. ¿Fue ese beso una muestra de afecto, o mi marca de la muerte?

—No llame a la policía —grita Paloma al entrar de golpe al camerino de su tía.

—Fui yo, tía —confiesa—. ¡Yo lo hice! ¡Yo besé a Max!

17

ON THE SIDE OF THE ANGELS
★ ★ ★ ★ ★ ★ ★
AL LADO DE LOS ÁNGELES

"Did you learn your lesson, Paloma?" Sonia Escobedo asks her niece.

"Yes, tía." Paloma is staring down at her feet.

"Look at me when you say that."

"Yes, tía," whispers Paloma. She looks up at her aunt this time. "It's wrong to lie, even if it's just supposed to be a joke."

"And..."

"And I will stop trying to get Max in trouble at school," she adds.

—¿Aprendiste tu lección, Paloma? —Sonia Escobedo le pregunta a su sobrina.

—Sí, tía. —Paloma tiene su vista clavada para abajo hacia sus pies.

—Mírame cuando me respondas.

—Sí, tía —Paloma susurra. Esta vez mirando a su tía—. Es malo mentir, aunque nomás sea una broma.

—Y...

—Y voy a tratar de dejar de meter a Max en problemas en la escuela —añade.

137

"Good," says Sonia. "Now give me a hug."

I watch as Paloma and Sonia give each other a great big hug.

"I best get ready for my match," says Sonia as she pulls her mask over her head. "I am going up against Medusa tonight."

Medusa is one of the most feared rulebreakers in all of lucha libre. What is Sonia doing wrestling against another rulebreaker, you ask? Did I forget to mention that Sonia is now a *technica*? She is one of the good guys and fights on the side of the Angels.

"You guys make sure you close the door when you leave," says Sonia as she makes her way out of the dressing room. "I need to go warm up before my match."

"Medusa is going down tonight, tía," says Paloma. "She won't know what hit her!"

After Sonia leaves, Paloma and I stare at each other. Neither one of us speaks for what seems like forever till finally Paloma breaks the silence.

"I'm sorry for being mean to you, Max."

Wow. She sounded completely sincere when she said that. But it could be a trick. This is Paloma, after all.

"It's okay."

"So all's forgiven?"

"Sure. But can I ask you a question?"

"What?"

—Está bueno —dice Sonia—. Ahora dame un abrazo.

Observo mientras Paloma y Sonia se dan un gran abrazo.

—Es mejor que me prepare para salir al cuadrilátero —dice Sonia mientras se jala la máscara sobre su cabeza—. Voy a combatir contra Medusa esta noche.

Medusa es una de las luchadoras más temidas en toda la lucha libre porque rompe las reglas. ¿Se preguntarán, qué está haciendo Sonia luchando contra otra que rompe las reglas? ¿Se me olvidó mencionar que Sonia es ahora una técnica? Ella es una de las buenas y pelea al lado de los Ángeles.

—Ustedes asegúrense de cerrar la puerta antes de salir —dice Sonia al salir de su camerino—. Me voy a calentar antes de mi combate.

—Esta noche vas a castigar a Medusa, tía —dice Paloma—. ¡Ella no va a saber lo que le pasó!

Después de que Sonia se va, Paloma y yo nos miramos el uno al otro. Ninguno de los dos decimos ni una palabra por lo que parece una eternidad hasta que en fin Paloma rompe el silencio.

—Siento haber sido tan mala contigo, Max.

Wow. Ella se oía completamente sincera cuando dijo eso. Pero podría ser un truco. Así es Paloma.

—Está bien.

—¿Así que todo está perdonado?

—Bueno, pero, ¿puedo hacerte una pregunta?

—¿Qué?

"Why did you kiss me?"

"For the same reason I do anything, Max."

"And what reason is that?"

"Because I wanted to."

Okay, I am now totally confused now. Paloma kissed me because she wanted to kiss me?

"So you wanted to kiss me?"

"Sure."

"I'm confused."

"I like you, Max," says Paloma laughing. "You're even kind of cute, in a dorky kind of way."

"So now I'm a dork?"

"Absolutely, but a cute one." She smiles at me. Then she pinches my cheek. And then she leans over and kisses me—just not on the lips this time.

"So we're friends?" I ask her.

"Just friends, Max, though I do kind of like you a *little*." She places major emphases on the word **LITTLE**. "Are you sure that's all you want us to be?"

"I have a girlfriend."

"Oh yes, the girlfriend that moved to Hollywood, right?"

"How do you know that?"

"Are you aware of the fact that your friend Leo has no will power whatsoever? All I had to do was flirt with him just a tiny little bit and he told me your whole life story."

—¿Por qué me besaste?

—Por la misma razón que hago todas las cosas, Max.

—¿Y qué razón es esa?

—Porque yo quería hacerlo.

"Bueno, ahora estoy totalmente confundido. ¿Paloma me besó porque quería besarme?"

—¿Así que querías darme un beso?

—Por supuesto.

—Estoy confundido.

—Me gustas, Max —dice Paloma, riéndose—. Me pareces muy lindo, de una manera muy especial como un tontolín.

—¿Así que ahora soy un tontolín?

—Absolutamente, pero un tontolín guapo. —Ella se sonríe. Luego me pellizca la mejilla. Luego se reclina y me besa—pero no en los labios esta vez.

—¿Así que somos amigos?— le pregunto.

—Sí, sólo amigos, Max, a pesar de que me gustas *un poco*. —Poniéndole énfasis en la palabra **POCO**—. ¿Estás seguro de que es todo lo que quieres que seamos?

—Tengo una novia.

—Oh sí, claro, la novia que se mudó a Hollywood, ¿verdad?

—¿Cómo sabes eso?

—¿Te has dado cuenta del hecho de que tu amigo Leo no tiene ninguna fuerza de voluntad? Todo lo que tuve que hacer fue coquetear con él un poco y me contó toda la historia de tu vida.

"What did he tell you?"

"I know how old you were when you finally stopped wetting your bed."

LEO!

"It's okay, Max; your secret is safe with me."

"I do want to be just friends," I tell her. Do I truly want to be just friends? I'm not so sure I'm telling the truth.

"If that's what you want," says Paloma. She almost looks a little disappointed. "Now let's go see my aunt wrestle."

"Hard to believe she's one of the good guys now," I tell her.

"She may be on the side of the angels, Max, but she hasn't forgotten any of her old tricks. Some day I am going to be a great luchadora just like her."

Wow. So Paloma wants to be a luchadora.

"What about you, Max?" she asks me. "Do you want to be a luchador when you grow up?"

"Yes," I tell her. I'm surprised I tell her this. Aside from my tío Rodolfo, I haven't told a single soul of my dream to become a luchador. Not even Leo knows. "I want to become the...the new Guardian Angel." My revelation makes Paloma smile.

"Wow, you sure aim big, Max," she tells me. "You can do it too, you know. Lucha libre is in our blood."

★ —¿Qué te dijo?

—Yo sé hasta la edad que tenías cuando por fin dejaste de orinarte en la cama.

¡LEO!

—No te preocupes, Max, yo guardaré tu secreto con seguridad.

—Yo sólo quiero que seamos amigos —le digo. ¿Realmente quiero ser solamente amigos? No estoy tan seguro de que estoy diciendo la verdad.

—Si.eso es lo que quieres —dice Paloma. Se nota que está un poco decepcionada—. Ahora vámonos a ver a mi tía luchar.

—Es difícil de creer que ella sea una de las técnicas ahora —le digo.

—Ella podrá estar al lado de los ángeles, Max, pero no se le ha olvidado ninguno de sus trucos viejos. Algún día voy a ser una gran luchadora como ella.

Wow. Entonces Paloma quiere ser una luchadora.

—¿Y tú, Max? —me pregunta—. ¿Quieres ser un luchador cuando seas grande?

—Sí —le digo. Me sorprende que le confiese esto. Aparte de mi tío Rodolfo, yo no le he dicho ni a un alma de mi sueño de convertirme en un luchador. Ni siquiera Leo sabe—. Quiero convertirme en el nuevo...el Ángel de la Guarda. —Mi revelación hace sonreír a Paloma.

—Wow, de verás que te gusta soñar en grande, Max —me dice—. Tú lo puedes lograr también, ya sabes. Tenemos la lucha libre en nuestra sangre.

"In our blood?" What do you mean?"

"I'm the niece of la Dama Enmascarada, the greatest luchadora in the world. And you, Max, are the great nephew of the Guardian Angel, the greatest luchador that has ever lived. Don't you see that we are lucha libre royalty?"

Wow. I had never looked at it that way. But she's right. We're lucha libre royalty!

"The nephew and niece of the greatest luchadores in the world. I like the sound of that."

"Me too, Max. Me too."

—¿En nuestra sangre? ¿Qué quieres decir?

—Yo soy la sobrina de la Dama Enmascarada, la mejor luchadora del mundo. Y tú, Max, eres el sobrino nieto del Ángel de la Guarda, el mejor luchador que jamás haya vivido. ¿Qué no ves que somos de la familia real de la lucha libre?

"Wow. Nunca había pensado de esa manera. Pero ella tiene razón. ¡Somos familia real de la lucha libre!"

—El sobrino y la sobrina de los mejores luchadores del mundo. Me gusta cómo suena eso.

—A mí también, Max. A mí también.

18

THE WORLDS GREATEST TAG TEAM!
★ ★ ★ ★ ★ ★ ★ ★
¡EL MEJOR TAG TEAM DEL MUNDO!

The Guardian Angel is tagged into the ring by el Toro Grande.

"Go, Guardian Angel," cries out Paloma. She's sitting with me at ringside.

In the match before the main event, her aunt Sonia had trounced the diabolical Medusa in a match that see-sawed back and forth till la Dama Enmascarada managed to finally come up with the victory. My sister Rita has been eyeing Paloma suspiciously, especially after she gave me a celebratory hug.

El Ángel de la Guarda ha sido relevado al cuadrilátero por el Toro Bravo.

—Ándale, Ángel de la Guarda —exclama Paloma. Ella está sentada conmigo en la primera fila.

En el combate antes del evento principal, su tía Sonia había derrotado a la diabólica Medusa en un combate mano a mano, de ida y vuelta, hasta que la Dama Enmascarada al fin consiguió terminar con la victoria. Mi hermana Rita ha estado mirando a Paloma sospechosamente, sobre todo después de que ella me dio un abrazo de celebración.

The Guardian Angel and Heavy Metal circle each other. The younger Heavy Metal delivers the first blow with an illegal rake across the Guardian Angel's eyes. The rudo then bounces off the ropes trying to deliver a clubbing elbow smash to the Guardian Angel's head. The Guardian Angel is three steps ahead of Heavy Metal, however. He shows his years of experience—on pure instinct he avoids the elbow smash and snares Heavy Metal in a full nelson. The tricky rudo slips out from the wrestling hold and tries throwing a right-fisted punch at the Guardian Angel who avoids the punch and whips Heavy Metal into the ropes. As Heavy Metal bounces off, he's sent flying over the ring ropes down to the arena floor below, courtesy of a flying drop kick from the greatest luchador in the world!

"Way to go, tío," cries out Little Robert. He jumps on his chair and begins to chant the Guardian Angel's name.

"Sit down," says Mom. She pulls Little Robert back to his seat.

"Let the boy have some fun," says Dad. "It's lucha libre, for crying out loud. He's supposed to jump up and down."

⭐ El Ángel de la Guarda y Heavy Metal se dan vueltas entre sí mismos. El joven Heavy Metal da el primer golpe con un rastrillazo ilegal a través de los ojos del Ángel de la Guarda. El rudo luego rebota en las cuerdas tratando de entregar un codazo a la cabeza del Ángel Guardia. Sin embargo, el Ángel de la Guarda ya sabía lo que tramaba Heavy Metal. Mostrando sus años de experiencia—con su puro instinto, evita el codazo y mete a Heavy Metal en una trampa de *full nelson*. El rudo tramposo se sale del agarre de lucha libre y trata de conectar con un golpe de puño derecho sobre el Ángel de la Guarda, el cual evita el golpe y azota a Heavy Metal contra las cuerdas. ¡Mientras Heavy Metal rebota y lo mandan volando sobre las cuerdas del cuadrilátero y cae en el piso del estadio, cortesía de una patada voladora bien plantada del mejor luchador del mundo!

—Bien hecho, tío —grita Robertito. Él salta encima de su silla y comienza a cantar las porras del Ángel de la Guarda.

—Siéntate —dice mamá. Jalando a Robertito de regreso a su asiento.

—Déjalo que se divierta un rato —dice papá—. Es la lucha libre, por el amor de Dios. Se supone que deberías poder saltar para arriba y para abajo.

The Guardian Angel and el Toro Grande are challenging Heavy Metal and King Scorpion for the world tag team titles. It's a feud that's been building up for some time. First Heavy Metal—half of the world tag team champions—made some disparaging remarks about the Guardian Angel's age on television. He called him an old relic and said he should be in a nursing home.

"Old fossils like the Guardian Angel need to hang up their boots to make room for the superstars of tomorrow." Exact quote!

The following week the Guardian Angel arrived with el Toro Grande at his side ready to challenge Heavy Metal and King Scorpion for the world tag team titles. The fight was to take place in San Antonio, Texas.

King Scorpion steps into the ring next. He wears a blood-red mask with matching scorpion silhouettes. He rushes the Guardian Angel who easily evades his charge. The Guardian Angel pushes him in the direction of el Toro Grande who greets him with a thundering head butt that sends the rudo crumbling down to the mat. I have to admit Lalo has grown by leaps and bounds as a luchador. He now not only looks the part, but can wrestle too. After he is tagged in by the Guardian Angel, el Toro Grande raises his right fist into the air and bounces off the ropes. He flies across the ring—flattening King Scorpion with a flying tackle!

El Ángel de la Guarda y el Toro Grande están desafiando al Heavy Metal y al Rey Escorpión para el título de Tag Team del Mundo. Es una pelea que ha estado creciendo en popularidad por bastante tiempo. Primero Heavy Metal—la mitad del Tag Team de los campeones mundiales—hizo algunos comentarios menospreciativos sobre la edad del Ángel de la Guarda en la televisión. Lo llamó una reliquia antigua y dijo que debería estar en una casa de ancianos.

—Los fósiles antiguos, como el Ángel de la Guarda deberían de colgar las botas para dar le paso a las superestrellas del mañana —¡Exactamente palabra por palabra!

A la siguiente semana, el Ángel de la Guarda llegó, con el Toro Bravo a su lado, dispuesto a desafiar al Heavy Metal y al Rey Escorpión por el título de Tag Team del mundo. La pelea se llevaría a cabo en San Antonio, Texas.

El Rey Escorpión sube al cuadrilátero. Lleva una máscara de color rojo fuerte, como la sangre, la cual combina con siluetas de escorpiones. Se echa encima al Ángel de la Guarda quien fácilmente lo evade. El Ángel de la Guarda lo empuja en la dirección de el Toro Grande el cual le da la bienvenida con un estruendoso cabezazo que manda al rudo tumbando a la lona. Tengo que admitir que Lalo ha crecido a pasos agigantados como luchador. Ahora no solo se ve como uno de ellos, pero también puede luchar como uno de ellos. Después de que el Ángel de la Guarda lo releva al cuadrilátero, el Toro Grande levanta su puño derecho en el aire y rebota de las cuerdas. ¡Él vuela a través del cuadrilátero aplastando al Rey Escorpión con un enganche volador!

"Wow! Lalo has gotten good," I tell Marisol. She nods in agreement. Heavy Metal and King Scorpion are on the ropes. In a fair fight, they're no match for the team of the Guardian Angel and el Toro Grande. But rudos aren't known for fighting fair. Heavy Metal distracts the ring official, allowing King Scorpion the chance to deliver an illegal shot to el Toro Grande's groin.

As el Toro Grande crumbles to the mat, King Scorpion presses his attack. He pushes el Toro Grande into the rudo's corner, and begins to argue with the ring official. This allows Heavy Metal the chance to use the ring ropes to illegally choke el Toro Grande. The Guardian Angel screams in protest, but his complaints fall on deaf ears. After a few minutes, it's apparent that the Guardian Angel can't stand it any more. He charges into the ring and leaps over the ring official to clothesline both Heavy Metal and King Scorpion out of the ring! A wild brawl ensues on the floor. The Guardian Angel and Heavy Metal battle their way back into the ring. In the meantime, el Toro Grande and King Scorpion continue fighting on the floor. Heavy Metal turns his back to the ring official, reaches into his trunks and pulls out a plastic bag filled with talcum powder.

"He has a foreign object," I cry out. "Look out, tío, he has a foreign object!"

—¡Wow! Lalo ha mejorado mucho —le digo a Marisol. Ella también está de acuerdo. Heavy Metal y el Rey Escorpión están contra las cuerdas. En una pelea limpia y justa, no son ningún rival para el equipo de Ángel de la Guarda y el Toro Grande. Pero los rudos no son conocidos por la lucha limpia. Heavy Metal distrae al referee, permitiendo la oportunidad al el Rey Escorpión de que golpee ilegalmente al Toro Grande en la ingle.

El Toro Grande cae a la lona, el Rey Escorpión continúa con su ataque. Él empuja al Toro Bravo a la esquina de los rudos, y comienza a discutir con el referee. Esto le permite a Heavy Metal la oportunidad de usar las cuerdas del cuadrilátero para estrangular ilegalmente al Toro Grande. El Ángel de la Guarda grita en señal de protesta, pero sus quejas caen en saco roto. Después de unos minutos, es evidente que el Ángel de la Guarda ya no aguanta más. ¡Se lanza al cuadrilátero y salta sobre el referee para tender un brazo al cuello del Heavy Metal y del Rey Escorpión mandándolos fuera del cuadrilátero! Una pelea salvaje se desata en el piso. El Ángel de la Guarda y el Heavy Metal siguen peleando todo el camino hasta volver a llegar al cuadrilátero. Mientras tanto, el Toro Grande y el Rey Escorpión siguen luchando en el suelo. Heavy Metal le da la espalda al referee, mete la mano en su pantalón y saca una bolsa de plástico llena de talco.

—Él carga algo raro —reclamo—. ¡Cuidado, tío, carga algo raro!

Heavy Metal tosses the powder right into the Guardian Angel's face! Tío Rodolfo drops down to his knees. Blindly the Guardian Angel swings at the sound of Heavy Metal's laughter but misses. He swings again and misses again. Heavy Metal slides out of the ring and pulls his electric guitar from underneath the ring apron. He's going to hit the Guardian Angel over the head with it! I look around for el Toro Grande, but he has his hands full with King Scorpion. Heavy Metal takes careful aim at the Guardian Angel who is struggling to regain his sight.

Someone has to stop Heavy Metal! That's when el Toro Grande runs into the ring and pushes the Guardian Angel out of the way!

SMAASSHH!

Heavy Metal shatters the guitar over el Toro Grande's head. He falls unconscious to the mat. El Toro Grande kept Heavy Metal from delivering the finish blow to the Guardian Angel, but sacrificed himself in the process. The Guardian Angel is back on his feet and delivers three clobbering punches to Heavy Metal that leave the hated rudo sprawled on the canvas. King Scorpion runs into the ring, but is also greeted by a barrage of lefts and rights. The Guardian Angel grabs both rudos and knocks their skulls together!

WHAMM!

Heavy Metal le echa el talco justamente en la cara al Ángel de la Guarda! Tío Rodolfo cae de rodillas. Sin poder ver, el Ángel de la Guarda tira un puño hacia el sonido de la risa del Heavy Metal, pero no conecta. Vuelve a atacar de nuevo y otra vez no conecta. Heavy Metal se desliza fuera del cuadrilátero y saca su guitarra eléctrica que tiene escondida debajo de la manta del cuadrilátero. ¡Él va a golpear al Ángel de la Guarda en la cabeza con ella! Busco por todos lados a el Toro Grande, pero él tiene sus manos llenas con el Rey Escorpión. Heavy Metal cuidadosamente fija su vista y su tino en el Ángel de la Guarda quien está batallando para recuperar su vista.

¡Alguien tiene que parar a Heavy Metal! Fue entonces cuando el Toro Grande corre al cuadrilátero y empuja al Ángel de la Guarda fuera de la trayectoria de la guitarra!

¡ZAAASSS!

Heavy Metal rompe la guitarra sobre la cabeza del Toro Grande quien cae inconsciente a la lona. El Toro Grand desvió al Heavy Metal del darle el golpe final al Ángel de la Guarda, pero en el proceso se sacrificó él mismo. El Ángel de la Guarda está de vuelta en pie y reparte tres golpes fulminantes al Heavy Metal los cuales dejan al odiado rudo tendido en la lona. El Rey Escorpión se lanza en el cuadrilátero, pero también se recibe un bombardeo de izquierdazos y derechazos. El Ángel de la Guarda agarra los cráneos de los dos rudos y los estrella uno contra el otro!

¡BOOMMM!

"Now, Toro!" screams the Guardian Angel. A dazed Toro Grande climbs up to the top turnbuckle and prepares to deliver his finishing move, the Gore of Death! He dives head first at Heavy Metal and flattens him! He pins Heavy Metal's shoulders to the canvas.

One!

Two!

Three!

The Guardian Angel and el Toro Grande are the new world tag team champions!

The Guardian Angel and el Toro Grande are the new world tag team champions!

The Guardian Angel and el Toro Grande are the new world tag team champions!

—¡Toro, Ahora! —grita el Ángel de la Guarda. ¡El aturdido Grande Toro se sube al tope de las cuerdas en la esquina del cuadrilátero y se prepara para entregarle el golpe final al Cuernazo de la Muerte! ¡Se echa un clavado de cabeza encima del Heavy Metal y lo aplana! Sujeta los hombros de Heavy Metal a la lona.

¡Uno!

¡Dos!

¡Tres!

¡El Ángel de la Guarda y el Toro Bravo son los nuevos campeones mundiales de Tag Team!

¡El Ángel de la Guarda y el Toro Bravo son los nuevos campeones mundiales de Tag Team!

¡El Ángel de la Guarda y el Toro Bravo son los nuevos campeones mundiales de Tag Team!

19

MARISOL HAS A SECRET
★ ★ ★ ★ ★ ★ ★
MARISOL TIENE UN SECRETO

"These are the best fajitas in the world," declares my little brother Robert.

"Don't talk with your mouth full," says Mom.

"But they are the best fajitas in the world, Mom. They really are!"

Little Robert has a point. These truly are the best fajitas I have ever tasted.

—Estas son los mejores fajitas en todo el mundo —declara mi hermanito Roberto.

—No hables con la boca llena —dice mamá.

—Pero son las mejores fajitas en todo el mundo, mamá. ¡De veras que sí lo son!

Robertito tiene razón. Estas son realmente las mejores fajitas que he probado en mi vida.

Tío Rodolfo had reserved the banquet room at Mi Tierra Linda Mexican restaurant in San Antonio. The place is huge. Murals of hundreds of Mexican and Latin American celebrities cover its interior walls.

There's even a mural of the Guardian Angel. I don't know if he planned it or not, but tío Rodolfo is sitting with the image of the Guardian Angel looming behind him.

"Tag team champions of the world," declares Lalo in disbelief. He stares at the two championship belts at the center of the table. "Just a few months ago I was unemployed, and now I am half of the world tag team champions."

"It's only the beginning, Lalo," says tío Rodolfo. "Wait till we start to defend the title. We are going to travel all over the world."

"All over the world?" questions Marisol.

"Absolutely," says tío Rodolfo. "Being a world champion carries a lot of responsibility. We will be traveling all over the United States and Mexico. There's a mandatory three-week stint we have to do in Japan."

"Best fajitas in the world," says Little Robert again. He's oblivious to everything but his fajitas.

"Japan? You'll be gone to Japan for three weeks, Lalo?" Marisol doesn't sound too thrilled with the idea.

"Did you say Japan?" asks Lalo. "That's crazy!" In his wildest dreams Lalo never envisioned himself ever going to Japan.

Tío Rodolfo había reservado el salón de eventos del restaurante mexicano, Mi Tierra Linda, en San Antonio. El lugar es enorme. Murales de cienes de celebridades mexicanas y latinoamericanas cubren las paredes interiores.

Incluso hay un mural del Ángel de la Guarda. No sé si él lo planeó o no, pero tío Rodolfo está sentado con la imagen del Ángel de la Guarda a sus espaldas.

—Campeones mundiales de Tag Team —declara Lalo con incredulidad. Se queda mirando a los dos cinturones de campeonato en el centro de la mesa—. Hace apenas unos meses atrás yo estaba desempleado, y ahora soy uno de los campeones mundiales de Tag Team.

—Apenas vamos comenzando, Lalo —dice el tío Rodolfo—. Espérate a que comiéncemos a defender el título. Vamos a viajar por todo el mundo.

—¿Por todo el mundo? —pregunta Marisol.

—Absolutamente —dice el tío Rodolfo—. Ser campeón del mundo lleva una gran responsabilidad. Vamos a viajar por todo los Estados Unidos y México. Hay unas luchas obligatorias de tres semanas que tenemos que hacer en Japón.

—Las mejores fajitas en todo el mundo —dice Robertito de nuevo. Él no se da cuenta de nada excepto sus fajitas.

—¿Japón? Te vas a ir al Japón por tres semanas, Lalo? —Marisol no suena muy entusiasmada con la idea.

—¿Dijiste Japón? —pregunta Lalo—. ¡Eso es una locura! —Ni en sus sueños nunca se imaginó Lalo poder ir al Japón.

"Three weeks?" Marisol definitely isn't happy about Lalo's future travel schedule.

"Its okay, honey," says Lalo. "You can come with me."

"You know I can't do that. I'm teaching school."

"Resign," says Lalo. "You don't have to work anymore. I'm making lots of money now."

"I like being a teacher. I'm good at it, and my kids need me."

"It's okay," says Lalo. "Everything will work itself out."

"Tell him, Marisol," says my mom all of a sudden.

"Tell me what?" asks Lalo.

"He needs to know."

"What's going on, Marisol?" asks Lalo.

"Best fajitas in the world," says Little Robert as he helps himself to the leftover fajitas on Rita's plate.

"Lalo, I saw the doctor before coming to San Antonio."

"Why?" asks Lalo. "Is something wrong?"

"I'm going to have a baby."

Lalo is speechless. He looks visibly stunned. It takes him a few seconds, but his shocked expression turns to joy.

"That...that...that's wonderful!" he cries out. I guess stuttering when you're nervous runs in the family.

"Really? I wasn't sure that you would be happy. I mean with you traveling all the time."

—¿Tres semanas? —Marisol definitivamente no estaba contenta con el futuro plan de viajes de Lalo.

—Está bien, cariño —dice Lalo—. Puedes venir conmigo.

—Tú sabes que yo no puedo hacer eso. Soy maestra en la escuela.

—Renuncia —dice Lalo—. Ya no tienes que trabajar más. Estoy ganando mucho dinero ahora.

—Me gusta ser maestra. Soy muy buena y mis estudiantes me necesitan.

—Está bien —dice Lalo—. Todo se resolverá.

—Dile, Marisol —dice mi mamá de repente.

—¿Qué tienes que decirme? —pregunta Lalo.

—Él tiene que saber.

—¿Un momento, qué está pasando, Marisol? —pregunta Lalo.

—Las mejores fajitas en el mundo —dice Robertito mientras se sirve las fajitas que sobran del plato de Rita.

—Lalo, fui con el doctor antes de llegar a San Antonio.

—¿Por qué? —pregunta Lalo—. ¿Te sientes mal?

—Voy a tener un bebé.

Lalo se queda mudo. Se ve visiblemente aturdido. Le toma unos segundos, pero su expresión de sorpresa se convierte en alegría.

—¡Eso...eso...eso es maravilloso! —exclama. Supongo que la tartamudez, cuando estás nervioso, corre en la familia.

—¿En serio? No estaba segura de que te sentirías feliz. O sea como siempre andas viajando.

"Nonsense," declares Lalo. "It will all work out."

"Are you sure?"

"Of course! We're going to have a baby. It's the greatest thing that has ever happened to me. I'm going to have a son!"

"Or daughter," says my mom, reminding Lalo that there was a fifty-fifty chance the baby could be a girl. Wow, if the baby's a girl I sure would hate to be the guy who falls in love with her. He will have Lalo to deal with!

Lalo puts his arm around Marisol. "We'll work out a schedule so I can be home more. Isn't that right, tío Rodolfo?"

"Yes," blinks tío Rodolfo. "We...we'll work something out."

My mother stares at tío Rodolfo. She had caught it too. There had been a moment of hesitation in tío Rodolfo's voice. In lucha libre, you can't be a part-time world champion. That's a surefire recipe for disaster. Life for the newly crowned world tag team champions has just gotten a bit more complicated.

"Best fajitas in the world," says Little Robert as he sits on our dad's lap and helps himself to the leftover fajitas on his plate.

—Tonterías —declara Lalo—. Todo va a salir bien.

—¿Estás seguro?

—¡Por supuesto! Vamos a tener un bebé. Es la mejor noticia que he tenido en mi vida. ¡Voy a tener un hijo!

—O hija —dice mi madre, recordándole a Lalo que hay una posibilidad de cincuenta por ciento que el bebé podría ser una niña. Wow, si el bebé llega a ser una niña, por nada quisiera ser el tipo que se enamora de ella. ¡Él tendrá que lidiar con Lalo!

Lalo pone su brazo alrededor de Marisol. —Vamos a hacer un plan para que pueda estar más tiempo en casa. ¿Cierto que sí, tío Rodolfo?

—Sí —parpadea tío Rodolfo—. Nosotros...vamos a planear algo.

Mi madre se queda mirando a tío Rodolfo. Ella se ha dado cuenta también. Hubo un momento de vacilación en la voz de mi tío Rodolfo. En la lucha libre, no puedes ser un campeón del mundo de medio tiempo. Esa es una receta segura para el desastre. La vida para los recién coronados campeones del mundo de Tag Team se acaba de hacer un poco más complicada.

—Las mejores fajitas en todo el mundo —dice Robertito mientras él se sienta en las piernas de nuestro papá y se sirve las sobras de fajitas de su plato también.

20

LUCHA LIBRE LESSON #2
★ ★ ★ ★ ★ ★ ★
LECCIÓN #2 DE LA LUCHA LIBRE

"You have to run faster, Max," tío Rodolfo fusses at me. "Come on, you have to pick up more speed if you're going to get enough of a lift!"

I whip myself into the ring ropes and bounce off them. I leap into the air and spread my arms as if I were a bird in flight. As I crash into tío Rodolfo's massive chest we both fall down to the mat.

"Hook the leg," orders tío Rodolfo. "Don't forget to hook the leg as you fall."

—Tienes que correr más rápido, Max —tío Rodolfo se queja de mí—. ¡Ándale, tienes que tener más velocidad para poderte elevar!

Yo me tiro hacia las cuerdas del cuadrilátero para rebotar en ellas. Doy un salto en el aire y abro mis brazos como si fuera un pájaro en vuelo. Al chocar contra el enorme pecho de mi tío Rodolfo, ambos caemos en la lona.

—Engancha la pierna —ordena mi tío Rodolfo—. No se te olvide enganchar la pierna mientras te caes.

I hook tío Rodolfo's leg and pretend to pin his shoulders to the canvas.

One!

Two!

Three!

"Maximilian pins the Guardian Angel," I cry out.

"Not bad, Max," says tío Rodolfo.

True to his word, tío Rodolfo is giving me lucha libre lesson #2. We had gotten up early this morning and taken a cab to the arena. I got permission from Dad, but he said I best not tell Mom.

"You know how she feels about you learning lucha libre."

I was thrilled when tío Rodolfo told me we would be practicing in the same ring where he and Lalo had won the world tag team titles.

"One day you'll become a great luchador, Max," declares tío Rodolfo proudly. "Maybe even the new Guardian Angel."

"What about Lalo?" My question makes tío Rodolfo take a deep breath.

"The life of a luchador is very hard on a family. If Marisol thinks it's rough now, wait till we start traveling to defend the world tag team titles. If he becomes the new Guardian Angel, it's only going to get tougher. He could be gone for months. Lalo will have to make a choice at some point."

⭐ Engancho la pierna de mi tío Rodolfo y pretendo sujetar sus hombros contra la lona.

¡Uno!

¡Dos!

¡Tres!

—Maximiliano derrota al Ángel de la Guarda —grito.

—No está nada mal, Max —dice mi tío Rodolfo.

Tal y como dijo, tío Rodolfo me está dando una segunda lección de lucha libre. Nos levantamos temprano esta mañana y tomamos un taxi al coliseo. Tengo permiso de mi papá, pero él me dijo que es mejor que no le diga nada a mamá.

—Ya sabes cómo le choca que aprendas un poco de lucha libre.

Me emocioné cuando mi tío Rodolfo me dijo que íbamos a practicar en el mismo cuadrilátero donde él y Lalo habían ganado el título del mundo.

—Un día llegarás a ser un gran luchador, Max —declara mi tío Rodolfo orgullosamente—. Tal vez hasta el nuevo Ángel de la Guarda.

—¿Y Lalo? —Mi pregunta hace que mi tío Rodolfo respire hondo.

—La vida de un luchador es muy difícil para una familia. Si Marisol piensa que es duro ahora, espera hasta que empecemos a viajar para defender el título mundial de tag team. Si él se convierte en el nuevo Ángel de la Guarda, solamente se va a poner aún más difícil la situación. Podría estar viajando por meses. Lalo tendrá que tomar una decisión más tarde que temprano.

"What do you think he should do?"

"The choice is his to make, Max, but I've often wondered myself if I made a mistake, choosing lucha libre over having a family. When I was younger it didn't matter much to me, but now..."

Did tío Rodolfo just say that choosing to become the Guardian Angel was a mistake?

"How can say that it was a mistake, tío? You're the greatest luchador in the whole world."

"I'm the greatest luchador in the whole world when I'm wearing my mask, Max, but who am I when I take it off?"

"What do you mean? You're tío Rodolfo."

"But who am I really? I have no wife. I have no children. Who am I, Max?"

"You're my uncle," says Mom all of a sudden.

SNAP! Mom just caught me learning lucha libre. She's going to kill me!

"You're my tío Rodolfo who was dead," she says, "but is now alive. You're my favorite uncle who left without saying goodbye and broke my heart. "

"Braulia, I..."

"I can be a very stubborn woman, Rodolfo. I inherited that from you."

"I'm sorry for leaving like I did, Braulia."

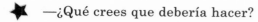 —¿Qué crees que debería hacer?

—La decisión es de él, Max, pero a menudo me he preguntado yo mismo si he cometido un error por haber elegido la lucha libre en vez de tener una familia. Cuando era más joven no me importaba tanto, pero ahora...

¿Acaba mi tío Rodolfo de decir que la decisión de convertirse en el Ángel de la Guarda fue un error?

—¿Cómo puedes decir que fue un error, tío? Eres el mejor luchador en el mundo entero.

—Yo soy el mejor luchador en el mundo entero cuando tengo puesta mi máscara, Max, pero ¿quién soy yo cuando me lo quito?

—¿Qué quieres decir? Eres mi tío Rodolfo.

—Pero, ¿quién soy realmente? No tengo esposa. No tengo hijos. ¿Quién soy yo, Max?

—Eres mi tío —dice mi mamá de repente.

¡ZAS! Mamá me sorprendió que me agarró aprendiendo lucha libre. ¡Me va a matar!

—Tú eres mi tío Rodolfo, el que estaba muerto —dice ella—, pero ahora estás vivo. Tú eres mi tío favorito, el que se fue sin decir adiós y me quebró el corazón.

—Braulia, yo...

—Puedo ser una mujer muy testadura, Rodolfo. Yo heredé eso de tí.

—Lo siento haber desaparecido como lo hice, Braulia.

"I know you are," she answers. "I may not show it, Rodolfo, but I'm glad that you're back. I think it's time both you and I let go of the past and started over. We have a lot of lost time to make up for."

"I'm ready to start."

"What are your plans for Christmas day then?"

"I have to headline a wrestling card two days before Christmas in Canada, but after that I'm done till a week after New Year's."

"Well, maybe you can give the Guardian Angel a rest and have tío Rodolfo come spend Christmas and New Year's with his family."

"I think I would like that very much."

"Remember," says Mom. "I want tío Rodolfo to spend the holidays with us. **NOT** the Guardian Angel."

"You got it."

Wow! Tío Rodolfo is spending Christmas with us. It's going to be the best Christmas ever!

"Why don't you guys change clothes so we can go get some breakfast? The family is parked outside waiting. Needless to say, Little Robert claims to be starving. That boy has a bottomless stomach."

—Sé que lo sientes —le contesta—. No lo demuestro, Rodolfo, pero me alegro de que hayas regresado. Creo que ya es hora de que tanto tú como yo dejemos a un lado el pasado y comencemos de nuevo. Tenemos mucho tiempo perdido y es hora de empezar a reponerlo.

—Estoy listo para comenzar.

—¿Entonces cuáles son tus planes para el día de la Navidad?

—Tengo que titular una batalla de la lucha libre dos días antes de la Navidad, en Canadá, y después de que termine no tengo compromisos hasta una semana después del Año Nuevo.

—Bueno, tal vez tú puedas darle al Ángel de la Guarda un descanso y tío Rodolfo puede venir a pasar la Navidad y el Año Nuevo con su familia.

—Creo que me gustaría mucho hacer eso.

—Recuerda —dice mamá—. Quiero al tío Rodolfo que pase las vacaciones con nosotros. **NO** al Ángel de la Guarda.

—Así será.

¡Wow! Tío Rodolfo va a pasar la Navidad con nosotros. ¡Va a ser la mejor Navidad del mundo!

—¿Por qué no se van a cambiar de ropa para que podamos ir a desayunar? La familia está afuera esperando. Sin tener que mencionarlo, Robertito dice que se está muriendo de hambre. Ese niño tiene un estómago sin fondo.

"I know a great place," says tío Rodolfo. They serve the best Mexican omelets."

"By the way, Maximilian," says my mom.

Here it comes! She is going to ground me because tío Rodolfo was teaching me how to wrestle.

"You need to pick up more speed when you bounce off those ropes."

Say what?

"Your feet barely left the floor."

What do you know—life is full of surprises.

—Conozco un lugar muy padre —dice tío Rodolfo—. Ellos sirven las mejores tortas de huevo mexicanas.

—Por cierto, Maximiliano —dice mi mamá.

¡Aquí viene! Ella me va a castigar porque tío Rodolfo me estaba enseñando cómo luchar.

—Tienes que agarrar más velocidad al rebotar en las cuerdas.

¿Qué dijo?

—Tus pies apenas se elevaron de la lona.

Cuándo menos te lo esperas—la vida está llena de sorpresas.

21

THE GODFATHER
EL PADRINO

"So, is this your next protégée?" asks a long-haired guy. He's coming into the wrestling ring just as we're leaving.

"Maybe," says tío Rodolfo. "Max here might be the real deal someday."

"You really think so?" asks the guy as he ties his long hair into a pony tail. "That's high praise coming from the Guardian Angel, kid." He begins bouncing off the ring ropes. I notice the vampire skull tattooed across his shoulder blades. Is he Heavy Metal?

—Entonces, ¿él es tu siguiente discípulo? —le pregunta a un hombre de pelo largo. Él se dirige al cuadrilátero de la lucha libre al mismo tiempo que nosotros vamos saliendo.

—Tal vez —dice tío Rodolfo—. Max podría ser el mero mero algún día.

—¿De verdad lo crees? —Pregunta el hombre mientras se ata el pelo largo en una cola de caballo—. Eso es un gran elogio viniendo del mero Ángel de la Guarda, mijo. —Empieza a rebotar en las cuerdas del cuadrilátero. Me doy cuenta de la calavera de vampiro tatuada en sus hombros. ¿El es el Heavy Metal?

"How's your old man doing?" asks tío Rodolfo.

"You know how he is, Godfather, as cranky as ever." Heavy Metal bounces off the ring ropes and goes into a forward roll before bouncing back up to his feet. "But then again he wouldn't be himself if he wasn't complaining about something. Truth is, he just misses being in the ring."

"Why did he call you godfather, tío?" Tío Rodolfo and I are heading up toward the dressing room.

"Because I'm his godfather, Max," says tío Rodolfo.

"You're godfather to Heavy Metal?"

"I've known Alejandro since he was in diapers."

"Alejandro?"

"Heavy Metal's name is Alejandro Velasquez."

"Alejandro Velasquez?" Why do I feel that name should mean something to me?

"C'mon, Max," says tío Rodolfo. "Don't tell me you don't see the family resemblance."

I look back at Heavy Metal as he bounces off the ring ropes and catapults himself to the top turnbuckle. He lands on top of it, then does a back somersault halfway across the ring and lands on his feet.

—¿Cómo está tu viejo? —le pregunta tío Rodolfo.

—Tú ya sabes cómo es, padrino, de mal humor como siempre. —Heavy Metal rebota en las cuerdas del cuadrilátero y hace una marometa hacia delante antes de volver a rebotar quedando de nuevo en pie—. Pero sería lo mismo si él no se quejaba de algo. La verdad es que sólo echa de menos estar en el cuadrilátero.

—¿Por qué te dice padrino, tío? —Tío Rodolfo y yo nos estamos dirigiendo hacia el vestuario.

—Porque yo soy su padrino, Max —responde mi tío Rodolfo.

—¿Tú eres el padrino de Heavy Metal?

—Conozco a Alejandro desde que estaba en pañales.

—¿Alejandro?

—El nombre de Heavy Metal es Alejandro Velásquez.

—¿Alejandro Velásquez? —¿Por qué siento que ese nombre me suena conocido?

—Vamos, Max —dice el tío Rodolfo—. No me digas que no ves la relación familiar.

Volteo la cabeza para ver al Heavy Metal mientras rebota en las cuerdas del cuadrilátero y se catapulta sí mismo de las cuerdas. Se para en la parte superior de la esquina, y da un salto mortal hacia atrás recorriendo media lona y aterriza parado.

"Wow," I cry out. "That was awesome!"

"Thanks, muchacho," says Heavy Metal smiling. That's when I notice his very large and very familiar-looking pointed white teeth.

It can't be. Is Heavy Metal the son of the Guardian Angel's arch enemy? "Heavy Metal's the son of Vampire Velasquez?!"

"You guessed it."

—Wow —grito—. ¡Eso fue increíble!

—Gracias, muchacho —dice sonriendo el Heavy Metal. Ahí es cuando me doy cuenta de sus muy grandes y muy blancos dientes puntiagudos.

No puede ser. ¿Es Heavy Metal el hijo del archienemigo del Ángel de la Guarda? —¡¿Heavy Metal es el hijo del Vampiro Velásquez?!

—Lo has adivinado.

22

ONLINE LOVE
AMOR CIBERNÉTICO

Vampire Queen: So tomorrow is the big rematch between your 2 aunts?

> **Guardian Angel 2**: Don't remind me!

> **Vampire Queen**: I bet it's going 2 B funny! :-)

[I have no idea what is going to go down at the bingo rematch between my aunts Socorro and Dolores tomorrow. I only know that Father Martinez has a plan. For my part I just hope that my two aunts can make it through the game without getting into a fist fight. Somehow however...I doubt it.]

Reina Vampira: ¿Así k mañana es la gran revancha entre tus 2 tías?

> **Ángel de la Guarda 2:** ¡No me recuerdes!

> **Reina Vampira**: ¡Apuesto k va a ser bien divertido! :-)

[No tengo ni un idea de lo que va a pasar mañana en la revancha de Lotería entre mis tías Socorro y Dolores. Sólo sé que el Padre Martínez tiene un plan. Por mi parte, sólo espero que mis dos tías puedan acabar el juego sin meterse en una pelea a puñetazos. Sin embargo, de alguna manera...lo dudo.]

Guardian Angel 2: So what r u doing still up?

Vampire Queen: Talking 2 u. Duh!

Guardian Angel 2: Very funny.

Vampire Queen: U sleepy?

Guardian Angel 2: No, wide awake.

Vampire Queen: But itz 11 already in Texas?

Guardian Angel 2: Im never sleepy when Im talking 2 u.

Vampire Queen: You r 2 sweet. ♥♥♥

Guardian Angel 2: What timez it in LA?

Vampire Queen: Itz nine. I cant go online till my dad goes 2 sleep. He doesn't like me talking on the web. He's worried I might start talking 2 weirdoes.

Guardian Angel 2: Weirdos? What kind of weirdos?

Vampire Queen: You know, kidz who wear lucha libre masks on their profile pictures.

Guardian Angel 2: Hey!

Vampire Queen: LOL. Just kidding, Max. I think you look hot in yr Guardian Angel mask. GRRR...

Guardian Angel 2: I miss u, Cecilia. ♥♥♥ School isn't the same w/o u.

Vampire Queen: I miss u 2, Max. :-(

Vampire Queen: How did the wrestling show in San Antonio go? I saw online that the Guardian Angel and the other guy won.

Ángel de la Guarda 2: ¿K estás haciendo todavía despierta?

Reina Vampira: Platicando contigo. ¡Dah!

Ángel de la Guarda 2: Muy graciosa.

Reina Vampira: ¿Tienes sueño?

Ángel de la Guarda 2: No, estoy bien despierta.

Reina Vampira: ¿Pero ya son las 11 en Tejas?

Ángel de la Guarda 2: Nunca me da sueño cuando estoy hablando contigo.

Reina Vampira: Tú eres muy tierno. ♥♥♥

Ángel de la Guarda 2: ¿K hora es en Los Ángeles?

Reina Vampira: Las 9. ¡No puedo chatear hasta k mi papá se va a dormir! No le gusta k platique en el internet. Le preocupa k pudiera estar hablando con gente rara.

Ángel de la Guarda 2: ¿Rara? ¿ K clase de gente rara?

Reina Vampira: Ya sabes, chavos k tienen máscaras de lucha libre en las fotos de su perfil.

Ángel de la Guarda 2: ¡Ey!

Reina Vampira: Jeje. Es una broma, Max. Creo k te ves guapísimo con tu máscara del Ángel de la Guarda. GRRR...

Ángel de la Guarda 2: Te extraño, Cecilia.♥♥♥ La escuela no es la misma sin tí.

Reina Vampira: Yo también t extraño, Max. :-(

Reina Vampira: ¿Cómo estuvo el combate d lucha libre en San Antonio? Vi en la computadora k el Ángel de la Guarda y el otro tipo ganaron.

Other guy...

Guardian Angel 2: You mean el Toro Grande?

Vampire Queen: Yes. Was it fun?

Guardian Angel 2: It ws a blast!

Vampire Queen: I saw in the newspaper that the Guardian Angel and the other guy r going 2 b wrestling in LA during Spring break.

Guardian Angel 2: He is?

Vampire Queen: They are calling it THE BIG BRAWL. Thirty luchadores from around the world trying 2 throw each other over the top rope! The last luchador left standing wins.

[I so wish I could tag along with tío Rodolfo.]

Vampire Queen: Max, did anything else happen at the lucha libre show in San Antonio?

Guardian Angel 2: What do u mean? Like what?

[Cecilia doesn't know about Paloma and me kissing. A part of me feels that I should tell her about the kiss. If our relationship is ever going to work, I should be honest, but I sit frozen at the keyboard. I can't bring myself to do it.]

Vampire Queen: Im glad u had fun. :-)

[Saved by the bell! She's changed the subject.]

Vampire Queen: Wish I could have been there. :-(

Guardian Angel 2: Me 2. So what have u been up to in LA? Howz school?

★ "Otro tipo..."

Ángel de la Guarda 2: ¿T refieres al Toro Grande?

Reina Vampira: Sí. ¿T divertiste?

Ángel de la Guarda 2: ¡Estuvo muy padre!

Reina Vampira: Leí en el periódico k el Ángel de la Guarda y el otro tipo van a estar en Los Ángeles durante las vacaciones de primavera.

Ángel de la Guarda 2: ¿D veras?

Reina Vampira: Lo están llamando LA GRAN PELEA. ¡Treinta luchadores d todo el mundo aventándose del cuadrilátero unos a los otros! El último luchador k quede en pie, gana.

[Como me gustaría poder acompañar a mi tío Rodolfo.]

Reina Vampira: Max, ¿sucedió alguna otra cosa en el combate d lucha libre en San Antonio?

Ángel de la Guarda 2: ¿K quieres decir? ¿Cómo k?

[Cecilia no sabe nada de que Paloma y yo nos hayamos besado. Una parte de mí se siente que debería contarle lo del beso. Si nuestra relación va a trabajar debo ser sincero, pero me siento congelado frente a la computadora. Pero no me atrevo a hacerlo.]

Reina Vampira: Me alegro k te hayas divertido. :-)

[¡Salvado por la campana! Ella cambió de tema.]

Reina Vampira: Me gustaría poder haber estado allí. :-(

Ángel de la Guarda 2: A mí también. ¿K has estado haciendo en LA? ¿Cómo t va en la escuela?

Vampire Queen: LA is cool! We went 2 Disneyland this past weekend. We also went 2 Hollywood. The weather is beautiful here. Made new friends already. I'm even invited 2 a birthday party in Venice Beach this coming Saturday.

Guardian Angel 2: A party in Venice Beach? Whoz it 4?

Vampire Queen: His name is Mike. Hez super cool. :-)

[Mike? Who's this Mike and just what exactly is it that makes him super cool?]

Guardian Angel 2: Mike? Whoz Mike?

Vampire Queen: He's a friend.

Guardian Angel 2: Really? How long have u known this Mike?

Vampire Queen: A week.

Guardian Angel 2: One week and u already think he's great?

Vampire Queen: He's new 2 LA 2. His family came from Arizona. We have all our classes together.

[They have all their classes together? I haven't met this MIKE fellow yet, and already I don't like him one bit.]

Guardian Angel 2: I bet he looks like a dork.

Vampire Queen: No, he doesn't. He's very tall. Lots of girls like him.

[Tall and well-liked by all the girls? I definitely don't like this **MIKE** guy!]

Guardian Angel 2: **ALL** the girls?

Reina Vampira: ¡LA está padre! Fuimos a Disneylandia este fin d semana pasado. También fuimos a Hollywood. El clima es hermoso. He hecho nuevos amigos ya. Incluso me invitaron a 1 fiesta d cumpleaños en Venice Beach el siguiente sábado.

Ángel de la Guarda 2: Una fiesta en Venice Beach? ¿Para quién?

Reina Vampira: Su nombre es Mike. Él es súper curado. :-)

[¿Mike? ¿Quién es Mike y qué es exactamente lo que lo hace súper curado?]

Ángel de la Guarda 2: ¿Mike? ¿Quién es Mike?

Reina Vampira: Es un amigo.

Ángel de la Guarda 2: ¿En serio? ¿Cuánto hace k conoces al tal Mike?

Reina Vampira: 1 semana.

Ángel de la Guarda 2: ¿1 semana y tú ya crees k es genial?

Reina Vampira: También es nuevo en LA. Su familia viene de Arizona. Tenemos todas las clases juntas.

[¿Tienen sus clases juntas? Todavía no he conocido a este tipo MIKE, y ya no me gustaba nada.]

Ángel de la Guarda 2: Apuesto a k es un memo.

Reina Vampira: No, no lo es. Es muy alto. Y es muy querido x todas las chicas.

[¿Alto y muy querido por todas las chicas? ¡A mí definitivamente no me gusta este tipo **MIKE**!]

Ángel de la Guarda 2: ¿X **TODAS** las chicas?

Vampire Queen: Are you jealous, Max?

Guardian Angel 2: No.

Vampire Queen: Max?

Guardian Angel 2: Yes.

Vampire Queen: He's **JUST** a friend. **OK**?

Guardian Angel 2: I didn't say anything.

Vampire Queen: You didn't have 2. I can tell.

Guardian Angel 2: Me, Jealous? Me? No way!

[Should I be jealous? You tell me this guy is tall and that all the girls like him and don't expect me to be jealous? Please!]

Vampire Queen: Do u want me 2 not go 2 his birthday party?

Guardian Angel 2: Don't b silly. I want u 2 go.

Vampire Queen: Are u sure?

Guardian Angel 2: Absolutely.

[Truth is I don't want her anywhere near this **MIKE!**]

Vampire Queen: Good, because I was going 2 go anyway.

[Then why even ask me? I swear the more I try to understand girls the more confused I become.]

Vampire Queen: Max?

Guardian Angel 2: Yes?

Vampire Queen: Who is Paloma?

She knows! [How does she know? What does she know?]

Reina Vampira: ¿Estás celoso, Max?

Ángel de la Guarda 2: No.

Reina Vampira: ¿Max?

Ángel de la Guarda 2: Sí.

Reina Vampira: No es + que un amigo. ¿Está bien?

Ángel de la Guarda 2: Yo no he dicho nada.

Reina Vampira: No tenías k decir nada. Ya lo sabía.

Ángel de la Guarda 2: ¿Yo, celoso? ¿Yo? ¡D ninguna manera!

[¿Debería estar celoso? ¿Come me dices que este tipo es alto y que todas las chicas lo adoran y no esperes que yo esté celoso? ¡Por favor!]

Reina Vampira: ¿Quisieras que no fuera a su fiesta d cumpleaños?

Ángel de la Guarda 2: No tontita. Ve. Quiero que vayas.

Reina Vampira: ¿Estás seguro?

Ángel de la Guarda 2: Por supuesto.

[¡La verdad es que yo no la quiero cerca de este **MIKE!**]

Reina Vampira: Ah bueno, porque yo iba a ir d todos modos.

[¿Entonces para qué me lo preguntas? Juro que entre más trato de entender a las chicas, termino más confundido.]

Reina Vampira: ¿Max?

Ángel de la Guarda 2: ¿Sí?

Reina Vampira: ¿Quién es Paloma?

"¡Ella lo sabe!" [¿Cómo lo sabe? ¿Qué es lo que sabe?]

Guardian Angel 2: A friend.

[At least I think she's a friend? An ex-enemy, for sure. She did come clean in the end. She did tell her aunt the truth.]

Guardian Angel 2: Why?

Vampire Queen: Rita told my sister that she was hanging out with u at the lucha libre show.

[I am going to kill my sister Rita!]

Guardian Angel 2: She was at the lucha libre show, but she wasn't hanging out with me. Her dad makes and sells lucha libre masks. She was there with him, not me.

Vampire Queen: Is she pretty?

[Is she pretty? Just how much does she know?] *Calm down, Max.* [Nobody knows Paloma kissed you. At least I don't think they do.]

Guardian Angel 2: She's okay.

Vampire Queen: Max?

Guardian Angel 2: Yes?

Vampire Queen: I miss u. :-(

Guardian Angel 2: I miss u 2.

Vampire Queen: I miss u a lot.

Guardian Angel 2: I do 2.

Vampire Queen: Do u think this long distance relationship is going 2 work?

Guardian Angel 2: Absolutely.

[I hope so. I really do.]

Ángel de la Guarda 2: Una amiga.

[¿Al menos creo que es una amiga? Una ex-enemiga, de seguro. Ella al final le dijo a su tía toda la verdad.]

Ángel de la Guarda 2: ¿X qué?

Reina Vampira: Rita le dijo a mi hermana k estaba contigo en el combate de lucha libre.

[¡Voy a matar a mi hermana, Rita!]

Ángel de la Guarda 2: Ella estaba en el show de lucha libre, pero ella no estaba conmigo. Su papá fabrica y vende las máscaras de lucha libre. Ella estaba allí con él, no conmigo.

Reina Vampira: ¿Es bonita?

[¿Es bonita? ¿Cuánto más sabe ella?] "Cálmate, Max." [Nadie sabe que Paloma te dio un beso. Por lo menos no creo que nadie lo sepa.]

Ángel de la Guarda 2: Lo es + o menos.

Reina Vampira: ¿Max?

Ángel de la Guarda 2: ¿Sí?

Reina Vampira: Te extraño. :-(

Ángel de la Guarda 2: Yo también te extraño.

Reina Vampira: Te extraño mucho.

Ángel de la Guarda 2: Yo también.

Reina Vampira: ¿Crees k esta relación de larga distancia va a funcionar?

Ángel de la Guarda 2: Por supuesto.

[Eso espero que sí. De veras que sí.]

Vampire Queen: I best let u go 2 sleep. I don't want my dad 2 catch me chatting on line.

Guardian Angel 2: Okay.

Vampire Queen: I love u.

Guardian Angel 2: I love u 2.

Vampire Queen: Goodnight.

Guardian Angel 2: Goodnight.

I get on Cecilia's Facebook page. I click on her photos and images pop up of us dressed in our Halloween costumes. I scan through more photographs. There's a picture of Leo sitting next to us in the cafeteria. Silly Leo has stuck two fries in his ears. I keep scrolling down till I come across one picture that is unfamiliar to me. It must have been taken after Cecilia left for California. It's of her hanging out with her new LA friends. They seem to be eating pizza at a mall or someplace. There's a redheaded girl with large rim glasses sitting next to her. There are two others girls in the picture too. One is a skinny brunette wearing a basketball jersey and the other is sporting very dark eye makeup and is all dressed in black.

It's the person that's standing behind Cecilia that bothers me. He's a tall blond kid with baby blue eyes. Both of his hands are resting on Cecilia's shoulders. He's standing pretty close to Cecilia. Too close.

MIKE!

Reina Vampira: Es mejor k te deje ir a zzzz... Yo no quiero k mi papá me descubra chateando en la computadora.

Ángel de la Guarda 2: De acuerdo.

Reina Vampira: Te ♥.

Ángel de la Guarda 2: Yo también te ♥.

Reina Vampira: Buenas noches.

Ángel de la Guarda 2: Buenas noches.

Me meto a la página de Facebook de Cecilia. Miro en sus fotos y aparecen unas de nosotros vestidos con los disfraces de Halloween. Hay muchas más fotografías. Hay una foto de Leo sentado junto a nosotros en la cafetería. El tonto de Leo se ha pegado dos papas fritas en sus oídos. Sigo mirando más fotos hasta que me encuentro con una imagen que es desconocida. Debe de haber sido tomada después de que Cecilia se fue a California. Es de ella con sus nuevos amigos de Los Ángeles. Parece que están comiendo pizza en un centro comercial o en algún lugar. Hay una chica pelirroja con lentes grandes y gruesos sentada junto a ella. También hay dos chicas más en la foto. Una de ellas es una morena delgada que lleva un jersey de baloncesto y la otra lleva un maquillaje de ojos muy oscuro y se viste toda de negro.

Es la persona que está de pie detrás de Cecilia que me molesta. Es un chico alto y güero de ojos azules. Sus dos manos están sobre los hombros de Cecilia. Él está de pie muy cerca de Cecilia. Demasiado cerca.

¡MIKE!

23

BINGO REMATCH!
¡LA REVANCHA DE LOTERIA!

"These aren't ordinary beans," declares my tía Dolores loudly. She holds up a tin can full of the ugliest-looking pinto beans I have ever seen in my life. They look like shriveled up black raisins.

The day has finally arrived for the long-awaited rematch between my two aunts. Earlier in the week, my tía Dolores asked me to empty out a five-pound bag of raw pinto beans on her front porch. Then she had me spray paint the beans with black chalkboard paint. This would give her a firmer grip on each bean. Or so she said.

—Estos no son frijoles comunes y corrientes —declara mi tía Dolores en voz alta. Ella tiene una lata llena de frijoles pintos de los más feos que he visto en mi vida. Parecen pasas negras arrugadas.

Al fin, ha llegado el día para la revancha más esperada entre mis dos tías. A principios de la semana, mi tía Dolores me pidió que vaciara un saco de cinco libras de frijoles crudos en su patio que queda en frente. Entonces ella hizo que pintara los frijoles con una pintura negra de textura. Esto le daría un agarre más firme en cada frijol. O al menos eso pensaba.

"Raw beans can be very slippery, Max, and I want nothing to hamper my speed."

When tía Socorro sees what her sister has done, she runs over and complains to Father Martinez.

"She's manipulating the bean's structural integrity," she argues, but Father Martinez refuses to intercede.

"Beans are beans," he tells her.

"But she's bringing a foreign object into the game!"

My dad and I decide to share a card.

"Ladies and gentleman," announces Father Martinez, addressing the gathered bingo players. "Before we begin, I have an announcement to make. I have decided to raise the stakes of tonight's games by declaring that they will all be played as black out."

The shocked bingo players whisper back and forth amongst themselves. Black out is by far the hardest way to win at bingo. Father Martinez is going to lengthen the games by having us cover the entire playing card in order to win. I had overheard him tell my dad that he was going to make sure that only my aunts got cards with the image of el diablo on them. Then in mid-shuffle, he was going to slip the devil card up into his sleeve, ensuring that neither aunt had a chance of winning the Queen Bingo trophy.

—Max, frijoles crudos pueden ser muy resbalosos, y no quiero que nada impida mi velocidad.

Cuando tía Socorro vio lo que había hecho su hermana, ella corrió a quejarse con el Padre Martínez.

—Ella está manipulando la integridad estructural del frijol —argumenta, pero el Padre Martínez se niega a interceder.

—Frijoles son frijoles —le dice.

—¡Pero ella va a introducir un objeto extraño al juego!

Mi padre y yo decidimos compartir una tarjeta.

—Damas y caballeros —anuncia el Padre Martínez, dirigiéndose a los jugadores de bingo que se han reunido—. Antes de empezar, tengo un anuncio que hacer. He decidido subir las apuestas de los juegos de esta noche, y declaro que todos ellos se jugaran al estilo en negro.

Los sorprendidos jugadores de bingo susurran los unos a los otros. El estilo en negro es la forma más difícil de ganar en la Lotería. El Padre Martínez va a alargar los juegos al hacernos cubrir la tarjeta de juego por completo para ganar. Yo lo había oído decirle a mi padre que iba a asegurarse de que sólo mis tías obtuvieran tarjetas con el imagen de el diablo. Luego, mientras mezclaba las cartas, iba a deslizar la tarjeta del diablo arriba en su manga, lo que garantiza que ninguna de mis tía tenga la oportunidad de ganar el trofeo de la Reina de la Lotería.

Father Martinez begins to shuffle the deck of lotería playing cards. He is so quick that not a single soul notices when he slips the devil up his sleeve. Then Father Martinez calls out the first card of the evening.

La rana—the frog!

Padre Martínez comienza a mezclar la baraja de cartas de Lotería. Es tan rápido que ni un alma se da cuenta cuando desliza el diablo bajo su manga. Entonces el Padre Martínez dice en voz alta la primera carta de la noche.

¡La rana!

24

A BINGO MIRACLE !
★ ★ ★ ★ ★ ★ ★
¡EL MILAGRO DE LA LOTERÍA!

Tía Dolores and tía Socorro haven't won a single game all
evening. Tía Dolores is so upset that she has begun to throw her
ugly-looking beans at anybody who calls out bingo.

"The next game will be for the Queen Bingo trophy," announces
Father Martinez as he holds up the tin cup for all to see.

"Come home to Mama," cries out my tía Socorro.

"You wish," retorts my tía Dolores. "That sweet puppy is
coming home with me!"

Tía Dolores y tía Socorro no han ganado ni un solo juego en toda
la noche. Tía Dolores está tan molesta que ella ha comenzado a
lanzar sus feos frijoles al cualquiera que grite Lotería.

—El próximo juego será por el trofeo de la Reina de la
Lotería —anuncia el Padre Martínez y él sostiene el trofeo de
lata para que todos lo puedan ver.

—Regrésate conmigo mi trofeíto —grita mi tía Socorro.

—Ya quisieras —responde mi tía Dolores—. Ese dulce
trofeíto se viene a casa conmigo!

"Before we begin, I would like to say a few words," says Father Martinez. He begins to tell us how we all should love one another. He is trying real hard to reach my two aunts, but his message is falling on deaf ears. Father Martinez is determined to reach them, however, so he keeps on talking. He gets so excited that he begins to pump his fists into the air and fails to notice that the devil card has begun to rear its ugly head. Before Father Martinez can do anything to stop it, the devil card flies out from his sleeve. The quick-thinking priest throws all the playing cards into the air in an attempt to conceal the fact that he has been holding back the devil card all evening.

"Sorry, got a little carried away," says Father Martinez. He quickly drops down to his knees and nervously gathers all the fallen playing cards. Not a single soul knows of the change in his plan. Regaining his composure, Father Martinez carefully reshuffles the cards. Everyone is watching him. It will be impossible to remove the devil card from the game at this point. Clearing his throat way too many times, Father Martinez resumes the game.

"La chalupa—the boat."

"El catrín—the dandy."

"La dama—the lady."

—Antes de comenzar, me gustaría decir unas cuantas palabras —dice el Padre Martínez. Él comienza a contarnos cómo nos deberíamos de amar unos a otros. Él está haciendo mucho esfuerzo para que lo escuchen mis dos tías, pero su mensaje está cayendo en oídos sordos. Padre Martínez está decidido a que lo escuchen, y sigue hablando. Él se pone tan excitado que empieza a sacudir sus brazos en el aire y no se da cuenta de que la tarjeta del diablo ha comenzado a deslizarse. Antes de que el Padre Martínez pueda hacer algo para detenerlo, la tarjeta del diablo sale volando de su manga. El Padre se despabila y arroja toda la baraja en el aire en un intento de ocultar el hecho de que ha estado escondiendo la tarjeta del diablo toda la noche.

—Lo siento, me desaté un poco —dice el Padre Martínez. Rápidamente cae de rodillas y nerviosamente reúne toda la baraja. Ni un alma sabe de los cambios en su plan. Recuperando la calma, el Padre Martínez cuidadosamente vuleve a mezclar las cartas. Todo el mundo lo está mirando. Será imposible retirar la tarjeta del diablo del juego en este momento. El Padre Martínez tose y aclara la garganta varias veces, y vuelva a comenzar el juego.

—La chalupa.

—El catrín.

—La dama.

The cards keep coming. It is only a matter of time before the devil will make its appearance. The deck of cards Father Martinez is using is shrinking rapidly. My aunts are dangerously close to making bingo. They both only need the devil card to be victorious.

"El arbol—the tree."

"Las aras—the arrows."

"La botella—the bottle."

It's clear that Father Martinez is hoping against hope that somebody (!!!)—anybody other than my two aunts—will call out bingo.

"La sirena—the mermaid."

"El melon—the cantaloupe."

Still nothing!

"Call the cards faster," demands my tía Socorro.

"Yes, call the cards already," adds my tía Dolores. "You're going to break my lucky streak!"

Then it happens: Father Martinez draws the devil card from the deck. I can see the horror etched on his face.

"El diablo—the devil."

"Bingo!"

The voice is as loud and as clear as the tolling of the church bell. Father Martinez can only stare in amazement. Did a bingo miracle just take place? My father is standing up and calling out bingo for me.

★ Las cartas siguen siendo anunciadas. Es sólo una cuestión de tiempo antes de que el diablo aparezca. La baraja del Padre Martínez se está reduciendo rápidamente. Mis tías están peligrosamente cerca de completar la Lotería, ambas sólo necesitan la tarjeta del diablo para salir victoriosas.

—El árbol.

—Las aras.

—La botella.

Está claro que el Padre Martínez está esperando con todas ganas que alguien (¡! ¡! ¡!)—cualquier otra persona que mis dos tías—diga Lotería en voz alta.

—La sirena.

—El melón.

¡Todavía nada!

—Diga las cartas más rápido —reclama mi tía Socorro.

—Sí, anuncia las cartas de una vez por todas —añade mi tía Dolores—. Vas a romper mi racha de buena suerte!

Luego sucede: Padre Martínez saca la tarjeta del diablo de la baraja. Puedo ver el horror en su rostro.

—El diablo.

—¡Lotería!

La voz es tan fuerte y tan clara como un campanazo de la iglesia. Padre Martínez sólo puede mirar con asombro. ¿Acaba de ocurrir un milagro de Lotería? Mi padre está de pie y gritando Lotería por mí.

"My son Max has Bingo!"

"Dad, we don't have the devil on our playing card," I try to tell him, but he places his index finger over my lips in a signal for me to keep that little secret between us. We both walk up to Father Martinez and show him my playing card. He looks down at my playing card and gives my dad a puzzled look. He's about to ask us what is going on when my dad gives him a wink.

"It's okay to bend the rules sometimes to serve the greater good," my dad says in a whisper. "A good friend told me that once."

"Yes, indeed," says Father Martinez. "Looks like you've made bingo, Max! You're the new Queen Bingo!"

Of course, my aunts protest the Father Martinez decision. They demand to see my playing card. Instead Father Martinez turns and asks the other players who called out bingo first. Everyone agrees enthusiastically that my dad had beaten his two sisters to the punch.

"A male Queen Bingo?" questions tía Dolores. "It's an abomination!"

"It isn't right!" adds tía Dolores. "Max is just a child. He's too young to be a Queen Bingo!"

⭐ —¡Mi hijo Max tiene Lotería!

—Papá, no tenemos el diablo en nuestra tarjeta de juego —trato de decirle, pero él coloca su dedo índice sobre mis labios en una señal diciéndome que ese es un pequeño secreto entre nosotros. Los dos nos acercamos al Padre Martínez y le mostramos mi tarjeta de juego. Él revisa mi tarjeta de juego y le da a mi padre una mirada de perplejo. Está a punto de preguntar qué está pasando cuando mi papá le cierra el ojo.

—Está bien romper las reglas a veces cuando se trata de servir para el bien de todos —dice mi papá sursurrando—. Un buen amigo me lo dijo una vez.

—Sí, por supuesto —dice el Padre Martínez—. ¡Parece que tienes Lotería, Max! ¡Tú eres la nueva Reina del Bingo!

Por supuesto, mis tías protestan la decisión del Padre Martínez. Exigen ver mi tarjeta de juego. En vez de concederles, el Padre Martínez pregunta a los otros jugadores quien llamó Lotería primero. Todo mundo está de acuerdo que mi papá había derrotado a sus dos hermanas.

—¿Un hombre coronado como Reina de la Lotería? —pregunta mi tía Dolores—. ¡Es una abominación!

—¡No es justo! —añade mi tía Dolores—. Max es sólo un niño. ¡Es demasiado joven para ser La Reina de la Lotería!

The plan has worked. Father Martinez has done what no other individual has ever been able to do. My aunts stand united for the first time in their lives. Together they protest my crowning as the new Queen Bingo. My dad announces that I will relinquishing the trophy to my mother. This does little to deflect my aunts' protests.

"His mother didn't earn it!" they both cry out together. "She doesn't deserve it!"

We all duck down in the nick of time to avoid the incoming aerial attack from tía Dolores and her ugly pinto beans!

★ El plan ha funcionado. Padre Martínez ha hecho lo que ningún otro individuo ha sido capaz de hacer. Mis tías están unidas por primera vez en su vida. Juntas protestan mi coronación como la nueva Reina de la Lotería. Mi padre anuncia que le voy a ceder el trofeo a mi mamá. Esto no ayuda la situación ni las protestas de mis tías.

—¡Su mamá no lo gano! —ambas lloran juntas—. ¡Ella no lo merece!

¡Todos nos agachamos justo a tiempo para evitar el ataque aéreo de tía Dolores y sus frijoles feos!

25

IT'S COMPLICATED
★ ★ ★ ★ ★ ★ ★
ES COMPLICADO

"All hail the new Queen Bingo," hollers Rita as she walks into my room.

"Cut it out," I tell her. She's been teasing me relentlessly. "Mom is the new Queen Bingo, not me."

"But she didn't earn it," she tells me, imitating our tía Dolores. "So...what exactly is going on with you and Paloma?" she asks.

"Nothing," I tell her. The grin on her face tells me she isn't buying it. "We're just friends."

—¡Llegó la nueva Reina de la Lotería —anuncia Rita al entrar a mi recámara.

—Ya basta —le digo. Ella se ha estado burlando de mí sin descanso—. Mamá es la nueva Reina de la Lotería, no yo.

—Pero ella no se la ganó —me dice imitando a nuestra tía Dolores—. Entonces...¿qué está pasando entre tú y Paloma? —pregunta.

—Nada —le digo. La sonrisa en su cara me dice que no me lo cree—. Sólo somos amigos.

"C'mon, Max," says Rita. "I saw you all at the lucha libre show in San Antonio. It's so obvious there's something going on between the two of you."

Is there something going on between me and Paloma? I'll admit that I was confused after that kiss she gave me in la Dama Enmascarada's dressing room, but my heart belongs to Cecilia Cantu. She's my girl. "Seriously, we're just friends."

"Sure."

"Well, it's complicated."

"How complicated?"

Boy, if she only knew.

"At first I was convinced she hated me. But then, after she went and kissed me..."

"Kissed you!" screams Rita. "When did she kiss you?"

"Never mind," I tell her. The big grin on Rita's face tells me I should've kept my mouth shut.

"Does Cecilia know?"

"No, and she isn't going to find out. Got it?"

"She kissed you!" says Rita. "Did she kiss you on the cheek or on the lips?"

"What difference does that make?"

"What difference does it make? It makes all the difference in the world! A kiss on the cheek is the way you kiss your best friend, but a kiss on the lips is an altogether different story."

214

—Sí como no, Max —dice Rita—. Los vi a los dos en el combate de la lucha libre en San Antonio. Es tan obvio que hay algo entre ustedes dos.

¿Hay algo entre Paloma y yo? Admito que yo estaba confundido después de ese beso que me dio en el camerino de la Dama Enmascarada, pero mi corazón le pertenece a Cecilia Cantú. Ella es mi chica. —En serio, sólo somos amigos.

—Por supuesto.

—Bueno, es que es complicado.

—¿Qué tan complicado?

"Vaya, si sólo ella supiera."

—Al principio, yo estaba convencido de que ella me odiaba. Pero luego, después de que ella fue y me dio un beso...

—¡Te beso! —grita Rita—. ¿Cuando te beso?

—No importa —le digo. La gran sonrisa en el rostro de Rita me dice que debería haberme mantenido con la boca callada.

—¿Sabe Cecilia?

—No, y ella no se va a enterar. ¿Me entiendes?

—¡Ella te dio un beso! —dice Rita—. ¿Ella te besó en la mejilla o en la boca?

—¿Qué diferencia tiene eso?

—¿Cómo que, qué diferencia tiene eso? Eso hace toda la diferencia en el mundo! Un beso en la mejilla es la forma de besar a tu mejor amigo, pero un beso en la boca es un cuento totalmente diferente.

"Drop it, okay?"

"It was on the lips, wasn't it?"

"That's none of your business," I tell her. At first I think Rita is going to tease me even more, but she doesn't.

"I best go and figure out what I am going to wear to school tomorrow," she tells me. "But for what it counts, I think you and Paloma would make a cute couple."

"Yuk," I tell her.

"Have you chatted with Cecilia online today yet?"

"Not since last night. Her dad doesn't like her going online, so we only chat at night."

"So then you don't know, do you?"

"Don't know what?" That big grin on her face has me curious. What does she know that I don't?

"I talked with Marissa today on the phone."

"You did?" My thoughts immediately turn to Cecilia.

"They're going to spend Christmas break in Rio Grande City."

I'm speechless. Cecilia is coming back. She's coming back!

"They'll be here for ten days during the holidays."

Ten days? That's almost two weeks! I'm still speechless. I'm ecstatic!

—Déjalo, ¿de acuerdo?

—Fue en los labios, ¿verdad?

—Eso no es asunto tuyo —le digo. Pienso que Rita me va a molestar aún más, pero no lo hace.

—Yo mejor me voy a ir a ver que me voy a poner para ir a la escuela mañana —me dice—. Pero creo que tú y Paloma harían una linda pareja.

—Fuchi —le digo.

—¿Has chateado con Cecilia en la computadora hoy?

—No, desde la noche anterior. A su papá no le gusta que esté en el internet, y por eso chateamos en la noche.

—Así que tú no sabes, ¿verdad?

—¿No sé de qué? —Esa gran sonrisa en su rostro me tiene curioso. ¿Qué sabe ella que yo no sé?

—Hablé con Marissa hoy por teléfono.

—¿En serio? Mis pensamientos se van inmediatamente a Cecilia.

—Ellos van a pasar las vacaciones de Navidad en Rio Grande.

Estoy sin palabras. Cecilia va a regresar. ¡Ella va a volver!

—Van a estar aquí durante diez días de vacaciones.

¿Diez días? ¡Eso es casi dos semanas! Todavía estoy sin palabras. ¡Estoy muy emocionado!

"Did you hear me, Max? Cecilia is coming back."

I heard you alright, sister. Everything is going to be okay. Cecilia is coming back. My girl is coming back. And tío Rodolfo will be here too!

It's going to be the best Christmas ever!

But, oh, what about my kissing Paloma...what if Cecilia finds out?

My life suddenly gets even more complicated than it was before.

—¿Me has oído, Max? Cecilia va a regresar.

He oído todo muy bien, hermana. Todo va a estar bien.
Cecilia va a volver. Mi chica va a regresar. Y mi tío Rodolfo va
venir también.

¡Va a ser la mejor Navidad del mundo!

Ay, pero besé a Paloma...¿y si Cecilia se entera?

Mi vida se vuelve repentinamente más complicada de lo que
era antes.

ABOUT THE AUTHOR

★ ★ ★ ★ ★ ★ ★ ★

XAVIER GARZA was born in the Rio Grande Valley of Texas. He is an enthusiastic author, artist, teacher and storyteller whose work is a lively documentation of the dreams, superstitions, and heroes in the bigger-than-life world of South Texas. Garza has exhibited his art and performed his stories in venues throughout Texas, Arizona and the state of Washington. He lives with his wife and son in San Antonio, Texas, and is the author of seven books.

OTHER GREAT BILINGUAL BOOKS
FROM CINCO PUNTOS PRESS

LUCHA LIBRE: THE MAN IN THE SILVER MASK
Written and illustrated by Xavier Garza

CHARRO CLAUS & THE TEXAS KID
Written and illustrated by Xavier Garza

GHOST FEVER / MAL DE FANTASMA
By Joe Hayes • Illustrated by Mona Pennypacker

LA LLORONA / THE WEEPING WOMAN
As told by Joe Hayes • Illustrated by Vicki Trego Hill

THE DAY IT SNOWED TORTILLAS / EL DIA QUE NEVARON TORTILLAS
By Joe Hayes • Illustrated by Antonio Castro L.

COYOTE UNDER THE TABLE / EL COYOTE DEBAJO DE LA MESA
By Joe Hayes • Illustrated by Antonio Castro L.

EL CUCUY!: A BOGEYMAN CUENTO IN ENGLISH AND SPANISH
As told by Joe Hayes • Illustrated by Honorio Robledo

DANCE, NANA, DANCE / BAILA, NANA, BAILA
By Joe Hayes • Illustrated by Mauricio Trenard Sayago

¡SÍ SE PUEDE! / YES, WE CAN!
By Diana Cohn • Illustrated by Francisco Delgado

A GIFT FROM PAPÁ DIEGO / UN REGALO DE PAPÁ DIEGO
By Benjamin Alire Sáenz • Illustrated by Geronimo Garcia

A PERFECT SEASON FOR DREAMING / UN TIEMPO PERFECTO PARA SOÑAR
By Benjamín Alire Sáenz • Illustrated by Esau Andrade Valencia

www.cincopuntos.com